Diogenes Taschenbuch 21020

Georges Simenon

Die Brüder Rico

Roman
Deutsch von
Angela von Hagen

Diogenes

Titel der Originalausgabe:
›Les frères Rico‹
Copyright © 1952 by Georges Simenon
Eine erste deutsche Übersetzung erschien 1957
unter demselben Titel.
Umschlagfoto: Wilfried Bauer

Alle deutschen Rechte vorbehalten
Copyright © 1983
Diogenes Verlag AG Zürich
100/91/8/2
ISBN 3 257 21020 5

I

Wie alle Tage hatten ihn die ersten Amseln geweckt. Er war ihnen deswegen nicht böse. Anfangs hatte es ihn in Wut versetzt, vor allem weil er noch nicht an das Klima gewöhnt war und die Hitze ihn daran hinderte, vor zwei oder drei Uhr morgens einzuschlafen.

Sie begannen pünktlich bei Sonnenaufgang. Und hier in Florida ging die Sonne fast mit einem Schlag auf. Es gab keine Morgendämmerung. Der Himmel war sofort goldfarben, die Luft war feucht und zitterte vom Gezwitscher der Vögel. Er wußte nicht, wo sie ihre Nester hatten. Er wußte nicht einmal, ob es wirklich Amseln waren. Er nannte sie einfach so. Zehn Jahre lang hatte er sich immer wieder vorgenommen, sich zu erkundigen, und es immer wieder vergessen. Loïs, die kleine Negerin, bezeichnete sie mit einem Wort, das er unmöglich hätte buchstabieren können. Sie waren größer als die Amseln im Norden und hatten drei oder vier farbige Federn. Zwei von ihnen setzten sich auf den Rasen gleich vor den Fenstern und stimmten ihr helltönendes Geschwätz an.

Eddie wachte nicht mehr sofort ganz auf, es wurde ihm nur bewußt, daß der Tag anbrach, und das fand er nicht unangenehm. Bald darauf kamen weitere Amseln, von Gott weiß woher, wahrscheinlich aus den Nachbargärten; und Gott weiß warum hatten sie den seinen als morgendlichen Treffpunkt gewählt.

Mit den Amseln drang langsam die Welt in seinen Schlaf und vermischte die Wirklichkeit mit seinen Träumen. Das Meer war ruhig. Er konnte gerade noch die kleine Welle hören, die sich nicht weit vom Strand mit kaum wahrnehmbarer Bewegung bildete, Tausende von Muscheln durcheinanderwirbelte und als glänzender Saum auf dem Sand zurückblieb.

Tags zuvor hatte ihn Phil angerufen. Es beunruhigte ihn immer etwas, wenn Phil ein Lebenszeichen von sich gab. Er hatte von Miami aus angerufen. In erster Linie, um über den Mann zu sprechen, dessen Namen er nicht nannte. Er nannte selten Namen am Telefon.

»Eddie?«

»Ja.«

»Hier Phil.«

Er sprach kein Wort zu viel. Das war so seine Art. Selbst wenn er von der Telefonzelle einer Bar aus anrief, achtete er sicher auf seine Haltung.

»Alles in Ordnung bei euch?«

»Alles in Ordnung«, hatte Eddie Rico geantwortet.

Warum legte Phil zwischen den unschuldigsten Sätzen Pausen ein? Auch wenn man persönlich mit ihm sprach, konnte man den Eindruck haben, als sei er mißtrauisch, als hegte er den Verdacht, daß man ihm etwas verheimlichte.

»Wie geht's deiner Frau?«

»Es geht ihr gut, danke.«

»Keine Unannehmlichkeiten?«

»Nein, keine.«

Wußte nicht jeder, daß es in Ricos Bezirk nie Unannehmlichkeiten gab?

»Morgen früh schick ich dir einen Burschen.«

Es war nicht das erste Mal.

»Es empfiehlt sich, daß er wenig ausgeht . . . und daß er nicht auf die Idee kommt abzuhauen . . .«

»Geht in Ordnung.«

»Sid kommt morgen vielleicht wieder zu mir.«

»Aha!«

»Möglicherweise will er dich sehen.«

Das war an sich nicht beunruhigend und auch nicht weiter ungewöhnlich. Aber Rico hatte sich an Boston Phils Auftreten und an seine Art zu sprechen nie gewöhnen können.

Er schlief nicht wieder ein, er lag im Halbschlummer da und hörte unablässig die Amseln singen und das Meer leise rauschen. Eine Kokosnuß löste sich im Garten von einer Palme und fiel ins Gras. Fast im nächsten Moment rührte sich Babe im Nebenzimmer, dessen Tür immer halb offen blieb.

Babe war seine jüngste Tochter. Sie hieß Lilian, aber die älteren Mädchen hatten sie sofort Babe genannt. Das mißfiel ihm. Er haßte Spitznamen in seinem Haus. Aber gegen die Gören war nichts zu machen, und schließlich sagten auch alle anderen Babe.

Babe begann, halblaut vor sich hin zu summen und sich in ihrem Bettchen hin und her zu drehen, als wollte sie noch weiterschlafen. Er wußte, daß jetzt auch seine Frau im Bett neben ihm aufwachte. So war es jeden Morgen. Babe war drei Jahre alt. Sie konnte noch immer nicht sprechen. Kaum daß sie ein paar halbe

Wörter hervorstammelte. Aber mit ihrem Puppenge-
sicht war sie das hübscheste der drei Mädchen.

»Irgendwann gibt sich das wahrscheinlich«, hatte
der Arzt gesagt.

Glaubte der Arzt daran? Rico mißtraute den Ärzten.
Fast ebenso wie Phil.

Babe lallte vor sich hin. In fünf Minuten würde sie
anfangen zu weinen, wenn man sie nicht aus dem
Bettchen holte.

Rico mußte seine Frau selten wecken. Ohne die
Augen aufzumachen, hörte er, wie sie seufzte, das
Bettuch zurückschlug und die Füße auf den wollenen
Teppich stellte. Dann blieb sie eine Weile auf dem
Bettrand sitzen und rieb sich das Gesicht und den
Körper, bevor sie den Arm nach ihrem Morgenmantel
ausstreckte. In diesem Augenblick streifte ihn immer
ihr Duft, ein Duft, den er sehr liebte. Im Grunde war er
ein glücklicher Mann.

Sie ging geräuschlos auf Zehenspitzen in Babes Zimmer und schloß vorsichtig die Tür. Sie wußte natürlich,
daß er nicht schlief, aber es war so Tradition. Außerdem schlief er für gewöhnlich noch einmal ein. Die
beiden anderen Mädchen, Christine und Amelia, deren
Zimmer weiter weg lag, hörte er nicht aufstehen. Auch
die Amseln hörte er nun nicht mehr. Ein klein wenig
dachte er noch an Boston Phil, der ihn aus Miami
angerufen hatte, dann versank er in einen erquickenden
Morgenschlaf wie in ein Kopfkissen.

Loïs machte unten gewiß das Frühstück für die
Kinder. Die beiden älteren, zwölf und neun Jahre alt,
zankten sich im Badezimmer. Sie aßen in der Küche

und gingen dann zur Straßenecke, um auf den Schulbus zu warten.

Der große gelbe Bus kam um zehn vor acht. Manchmal hörte Eddie, wie er bremste, manchmal nicht. Um acht Uhr kam Alice herauf, öffnete leise die Tür, und der Duft des Kaffees, den sie ihm brachte, stieg ihm in die Nase.

»Es ist acht Uhr, Eddie.«

Den ersten Schluck trank er im Bett, dann stellte sie die Tasse auf den Nachttisch und ging zu den Fenstern, um die Vorhänge zu öffnen. Man konnte trotzdem nicht hinaussehen. Hinter den Vorhängen waren noch venezianische Gardinen, deren helle Streifen nur feine Sonnenstrahlen durchließen.

»Hast du gut geschlafen?«

»Ja.«

Sie hatte noch nicht ihr Bad genommen. Ihr Haar war braun und schwer, ihre Haut glänzend weiß. An diesem Morgen trug sie den blauen Morgenrock, der ihr so gut stand.

Während er ins Badezimmer ging, frisierte sie sich, und all das, all die kleinen alltäglichen Verrichtungen wirkten belebend. Sie wohnten in einem schönen, leuchtendweißen Haus, ganz neu und modern gebaut, im elegantesten Viertel von Santa Clara, zwischen der Lagune und dem Meer, nur zwei Schritt entfernt vom Country Club und vom Strand. Rico hatte ihm einen Namen gegeben, den er sehr mochte: Sea Breeze, »Meeresbrise«. Wenn der Garten auch nicht groß war – der Grund in dieser Gegend war furchtbar teuer –, so war das Haus doch von einem Dutzend Kokospalmen umgeben, und im Rasen erhob sich eine Königspalme mit glattem, silbrig schimmerndem Stamm.

»Wirst du nach Miami fahren?«

Er nahm sein Bad. Das Badezimmer war wirklich bemerkenswert mit seinen blaßgrün gekachelten Wänden, der Badewanne und der übrigen Einrichtung im selben Farbton und all den verchromten Einzelteilen. Was er vor allem schätzte, weil er das nur in den ganz großen Hotels gesehen hatte, war die Dusche hinter einer metallgerahmten Glastür.

»Ich weiß noch nicht, ob ich hinfahre.«

Tags zuvor hatte er während des Essens zu Alice gesagt:

»Phil ist in Miami. Vielleicht muß ich hin.«

Es war nicht weit. Nur zweihundert und ein paar Meilen. Mit dem Auto war die Strecke ungemütlich und öde, man mußte in erstickender Hitze durch die Sümpfe. Meistens nahm er das Flugzeug.

Er wußte tatsächlich noch nicht, ob er nach Miami fahren würde. Er hatte das nur so hingesagt. Während er sich rasierte, ließ sich seine Frau hinter ihm ebenfalls ein Bad einlaufen. Sie war ein bißchen füllig. Nicht zuviel. Aber genug, um keine fertigen Kleider für sich zu finden. Ihre Haut war außergewöhnlich weich. Beim Rasieren betrachtete er sie manchmal im Spiegel, und das stimmte ihn recht zufrieden.

Er war nicht wie die anderen Männer. Er hatte immer gewußt, was er wollte. Er hatte sich seine Frau jung ausgesucht, und er wußte, warum. Andere gerieten wegen ihrer Frauen oft in Schwierigkeiten.

Auch er hatte eine weiße, zarte Haut und dunkles

Haar wie Alice. In Brooklyn hatte er Schulkamera-
den gehabt, die ihn Blackie nannten. Das ließ er sich
allerdings nicht lange gefallen.

»Ich glaube, es wird heiß.«

»Ja.«

»Kommst du zum Essen heim?«

»Ich weiß nicht.«

Auf einmal, als er in den Spiegel sah, runzelte er
die Augenbrauen, ein Ausruf des Unmuts entfuhr
ihm. Auf seiner Wange war ein wenig Blut. Er benutzte einen Rasierapparat und schnitt sich fast nie.
Nur ab und zu blieb er an seinem Schönheitsmal
hängen, das er auf der linken Wange hatte, und das
war immer ein unangenehmes Gefühl. Hätte er sich
die Haut aufgeritzt, wäre es ein anderes Gefühl gewesen. Das Schönheitsmal, kaum stecknadelkopf-
groß, als er zwanzig gewesen war, hatte nach und
nach die Ausmaße einer Erbse angenommen, es war
braun und behaart. Meistens gelang es Eddie, die
Rasierklinge so darüberwegzuführen, daß es nicht
blutete.

Heute war es schiefgegangen. Er holte das Alaun
aus dem Arzneimittelschränkchen. Es würde noch
einige Tage bluten, wenn er sich rasierte, und es kam
ihm so vor, als sei dieses Blut kein gewöhnliches
Blut.

Er hatte seinen Arzt gefragt. Er mochte die Ärzte
nicht, aber beim geringsten Unwohlsein suchte er sie
auf. Er verspürte Abneigung gegen sie, verdächtigte
sie unablässig, daß sie ihn belogen, versuchte, sie in
Widersprüche zu verwickeln.

»Wenn es weniger tief säße, würde ich es Ihnen herausschneiden. So wie es ist, würde eine Narbe zurückbleiben.«

Irgendwo hatte er gelesen, daß Warzen dieser Art auf Krebs hindeuten können. Schon wenn er daran dachte, bekam er ein schwaches Gefühl im ganzen Körper.

»Sind Sie sicher, daß es nichts ist?«

»Ganz sicher.«

»Es kann nicht Krebs sein?«

»Aber nein! Aber nein!«

Es beruhigte ihn nur halb. Vor allem, da der Arzt hinzugefügt hatte:

»Wenn es Sie beruhigt, nehme ich Ihnen ein kleines Stück heraus und schicke es ins Labor.«

Dazu hatte er nicht den Mut gehabt. Er war zu empfindlich. Das war seltsam, denn als Junge hatte er keine Angst vor Schlägen gehabt. Nur Rasiermesser und Werkzeuge zum Schneiden übten eine derartige Wirkung auf ihn aus.

Der dumme Vorfall machte ihn besorgt, nicht so sehr als solcher, sondern weil er eine Vorbedeutung darin sah. Nichtsdestoweniger setzte er seine Toilette mit großer Sorgfalt fort. Darin war er sehr genau. Er liebte es, wenn er sich sauber und gepflegt fühlte, mit glänzenden Haaren, einem seidenen Hemd auf der Haut, im frischgebügelten Anzug. Zweimal pro Woche ließ er sich maniküren und das Gesicht massieren.

Er hörte das Auto vor der Nachbarvilla halten, dann vor Sea Breeze. Er wußte, es war der Briefträger; auch ohne die Jalousien zu öffnen, konnte er sich vorstellen, wie der Mann seinen Arm aus der Wagentür streckte, den Briefkasten öffnete, die Post hineinwarf und ihn wieder schloß, bevor er weiterfuhr.

Der Tag begann wie gewohnt. Er war zur üblichen Zeit fertig. Alice schlüpfte in ihr Kleid. Er ging als erster hinunter und aus dem Haus, durch den Garten, über den Gehsteig, und holte seine Post aus dem Kasten. Der alte Colonel von nebenan im gestreiften Pyjama tat dasselbe, und sie grüßten einander flüchtig, obwohl sie nie ein Wort miteinander sprachen.

Es waren Zeitungen, Haushaltsrechnungen und ein Brief, dessen Schrift und Papier er erkannte. Als er sich zu Tisch setzte, fragte ihn Alice, während sie ihn bediente:

»Von deiner Mutter?«

»Ja.«

Er las den Brief beim Essen. Seine Mutter schrieb immer mit Bleistift auf dem Briefpapier, das sie päckchenweise verkaufte. Jedes Päckchen enthielt sechs Bögen und sechs Briefumschläge in verschiedenen Farben, lila, blaßgrün, blaßblau, und wenn sie einen Bogen vollgeschrieben hatte, nahm sie nicht einen neuen, sondern irgendein anderes Stück Papier.

Mein lieber Joseph,

Das war sein richtiger Vorname. Auf den Namen Joseph war er getauft worden. Mit zehn oder elf Jahren ließ er sich Eddie nennen, und alle Welt kannte ihn unter diesem Namen, nur seine Mutter nannte ihn immer noch Joseph. Das ärgerte ihn. Er sagte es ihr, aber sie konnte sich nicht umgewöhnen.

*Schon lange habe ich nichts mehr von Dir gehört, und
ich hoffe, daß Dich mein Brief bei guter Gesundheit
erreicht, ebenso wie Deine Frau und Deine Kinder.*

Seine Mutter mochte Alice nicht. Sie kannte sie kaum,
sie hatte sie nur zwei- oder dreimal gesehen, aber sie
mochte sie eben nicht. Sie war eine merkwürdige Frau.
Ihre Briefe waren nicht leicht zu entziffern, denn
obwohl sie in Brooklyn geboren war, brachte sie das
Englische und das Italienische durcheinander; sie nahm
die Wörter abwechselnd aus der einen und aus der
anderen Sprache und schrieb mit einer sehr eigenen
Orthographie.

*Hier geht das Leben seinen Gang, wie Du es ja kennst.
Der alte Lanza, der an der Ecke gewohnt hat, ist letzte
Woche im Krankenhaus gestorben. Er hat ein schönes
Begräbnis bekommen, denn er war ein braver Mann,
und er hat über achtzig Jahre hier im Viertel gewohnt.
Seine Schwiegertochter ist aus Oregon gekommen, wo
sie mit ihrem Mann lebt, aber ihr Mann hat die Reise
nicht machen können, weil ihm erst vor einem Monat
ein Bein amputiert worden ist. Er ist ein gutaussehender
und gesunder Mann und ist erst fünfundfünfzig Jahre
alt, aber er hat sich mit einem Gartengerät verletzt, und
die Wunde ist sofort brandig geworden.*

Wenn Rico den Kopf hob, sah er die Jalousie, die
Kokospalmen und zwischen zwei weißen Mauern einen ziemlich breiten Streifen des schimmernden Meeres. Ebenso genau konnte er sich die Straße in Brook-

lyn vorstellen, aus der ihm seine Mutter schrieb, den Süßigkeiten- und Sodaladen, den sie betrieb, gleich neben dem Gemüseladen, wo er geboren wurde und den sie nach dem Tod ihres Mannes aufgegeben hatte. Nicht weit davon fuhr die Hochbahn. Man konnte sie vom Fenster aus sehen, fast so, wie er hier das Meer sehen konnte, und in regelmäßigen Abständen war der Lärm der Züge zu hören, die sich gegen den Himmel abhoben.

Die kleine Josephine hat geheiratet. Du erinnerst Dich sicher an sie. Ich habe sie zu mir genommen, als sie noch ein Baby war, nachdem ihre Mutter gestorben ist.

Er erinnerte sich vage, nicht nur an eins, sondern an zwei oder drei Babys, die seine Mutter in Pflege genommen hatte.

In ihren Briefen war immer erst des längeren von Nachbarn die Rede, von Leuten, die er mehr oder weniger vergessen hatte. Sie berichtete vor allem über Tote und Kranke, manchmal über Unfälle oder über Jungen aus der Nachbarschaft, die die Polizei verhaftet hatte.

»Ein guter Junge, aber er hat kein Glück gehabt«, pflegte sie dann zu sagen.

Erst am Ende des Briefes kamen dann die wichtigen Dinge, die, wegen denen sie eigentlich geschrieben hatte.

Gino hat mich letzten Freitag besucht. Er sieht müde aus.

Gino war einer von Eddies beiden Brüdern. Eddie war der älteste und jetzt achtunddreißig Jahre alt. Gino war also sechsunddreißig. Sie ähnelten einander nicht. Eddie war eher beleibt. Nicht gerade dick, aber er hatte runde Formen und neigte zur Fülle. Gino dagegen war immer mager gewesen und hatte schärfere Züge als seine beiden Brüder. Als kleiner Junge machte er einen etwas schwächlichen Eindruck. Auch jetzt sah er nie so recht gesund aus.

Er hat mich besucht, um mir auf Wiedersehn zu sagen, denn er ist noch am selben Abend nach Kalifornien abgereist. Es sah so aus, als würde er für einige Zeit dort bleiben. Das gefällt mir nicht recht. Es ist nie ein gutes Zeichen, wenn man einen wie ihn in den Westen schickt. Ich habe versucht, ihm die Würmer aus der Nase zu ziehen, aber Du weißt ja, wie Dein Bruder ist.

Gino hatte nicht geheiratet, er hatte sich nie für Frauen interessiert. Sicher hatte er in seinem ganzen Leben noch nie mit jemandem vertraulich gesprochen.

Ich habe ihn gefragt, ob es wegen der gerichtlichen Untersuchungen ist. Man spricht hier natürlich viel darüber. Erst haben alle gedacht, es ist wie die andern Male, daß ein paar Zeugen befragt werden und sich am Ende alles in Rauch auflöst. Alle waren sicher, daß das Ganze »arrangiert« war.

Es muß etwas geschehen sein, was die Untersuchungsrichter und die Polizei sorgfältig geheimhalten. Einige behaupten, jemand hat geredet.

Immer ist es nur Gino, der von hier weg muß. Einer der großen Bosse hat New York überstürzt verlassen, und in den Zeitungen hat es ein Echo gegeben. Du hast es sicher gelesen.

Er hatte es nicht gelesen. Er begann sich zu fragen, ob es sich um Sid Kubik handelte, von dem Phil am Telefon gesprochen hatte.

Er spürte Unbehagen aus dem Brief seiner Mutter. In Brooklyn herrschte Unbehagen. Zu Recht war er tags zuvor mißtrauisch geworden, als er Phil an der Strippe gehabt hatte.

Das Schlimme war, daß man nie genau wußte, was vor sich ging. Man mußte es erraten, aus winzigen Tatsachen Schlüsse ziehen, die an und für sich nichts besagten, im Zusammenhang aber manchmal bedeutsam waren.

Warum hatte man Gino nach Kalifornien geschickt, wo er ja eigentlich gar nichts zu suchen hatte?

Auch ihm hatte man jemanden geschickt. Heute morgen mußte er ankommen, und er sollte darauf achten, daß er sich nicht davonmachte.

Er hatte die Berichte über die Sitzungen des Schwurgerichts in Brooklyn gelesen. Es beschäftigte sich angeblich mit dem Mord an Carmine, der vor dem El Charro mitten auf der Fulton Avenue, dreihundert Meter vom Rathaus entfernt, erschossen worden war.

Es war jetzt sechs Monate her, seit Carmine fünf Kugeln in den Leib bekommen hatte. Die Polizei hatte keine nennenswerte Spur gefunden. Der Fall hätte normalerweise schon längst zu den Akten gelegt sein müssen.

Eddie wußte nicht, ob sein Bruder Gino in die Sache verwickelt war. Nach den Regeln hätte er an dem Überfall nicht beteiligt sein dürfen, denn für so auffällige Unternehmungen wurden gewöhnlich keine Leute aus der Nachbarschaft genommen.

Stand all das mit dem Anruf von Phil in Zusammenhang? Boston Phil bemühte sich nicht umsonst. Alles, was er tat, hatte einen Grund, und eben das war es, was Eddie beunruhigte. Wenn man ihn außerdem irgendwohin schickte, hieß das im allgemeinen, daß etwas nicht stimmte.

Leute dieser Art gab es in den großen Unternehmen wie Standard Oil oder in Banken mit vielen Filialen, Typen, die nur dann irgendwo auftauchten, wenn die großen Bosse schwerwiegende Verstöße witterten.

Von der Sorte war Phil. Und so benahm er sich auch. Er spielte den Mann, der in die Geheimnisse der Chefs eingeweiht ist, und umgab sich selbst mit Geheimnis.

Noch über etwas anderes wollte ich mit Dir sprechen, schon in meinem letzten Brief. Ich habe es nicht getan, weil es erst nur Gerüchte waren. Ich dachte, Tony hat Dir vielleicht geschrieben oder wird Dir schreiben. Er hat ja immer große Stücke auf Dich gehalten.

Tony war der jüngste Rico; er war erst dreiunddreißig und hatte länger bei der Mutter gewohnt als die anderen. Natürlich war er ihr Liebling. Er war braunhaarig wie Eddie, dem er ein wenig ähnlich sah, nur war er schöner und auch verwöhnter. Eddie hatte seit über einem Jahr keine direkte Nachricht von ihm mehr erhalten.

Ich habe schon gewußt, fuhr seine Mutter fort, *daß seit seinem Aufenthalt in Atlantic City im letzten Jahr irgend etwas im Gange war. Er ist öfters verreist, ohne mir zu sagen, wohin. Mir war klar, daß es sich um eine Frau handeln mußte. Und nun hat ihn schon fast drei Monate niemand mehr gesehen. Mehrere Leute haben mich nach ihm gefragt, und nicht nur aus Neugier. Sogar Phil war hier, unter dem Vorwand, daß er mal nach mir sehen will. Aber er hat nur von Tony geredet.*

Vor drei Tagen nun hat mir eine gewisse Karen, Du kennst sie nicht, ein Mädchen aus dem Viertel, die ein paar Wochen mit Deinem Bruder gegangen ist, es ist schon eine Weile her, mir geradeheraus ins Gesicht gesagt:

»Wissen Sie, Mame Julie, daß Tony verheiratet ist?«

Ich habe gelacht. Aber offenbar stimmt es, und es handelt sich um ein Mädchen, das er in Atlantic City kennengelernt hat, eine, die nicht von hier ist, nicht einmal aus New York. Ihre Familie soll aus Pennsylvania sein.

Ich weiß nicht recht, warum, aber es beunruhigt mich. Du kennst Tony. Er hat massenhaft Mädchen gehabt und schien der letzte zu sein, der ans Heiraten denkt.

Warum hat er zu niemandem etwas gesagt? Warum wollen auf einmal so viele Leute seine Adresse?

Du verstehst mich sicher, wenn ich Dir sage, daß ich beunruhigt bin. Es gehen Dinge vor sich, über die ich

Bescheid wissen will. Wenn Du zufällig was weißt, schreib mir sofort, damit ich ruhiger bin. Das Ganze gefällt mir nicht.

Mammy läßt Dich grüßen. Sie hält sich immer noch tapfer, auch wenn sie nicht mehr aus ihrem Lehnstuhl herauskommt. Am anstrengendsten ist es für mich abends, wenn ich sie ins Bett hieven muß. Sie wird immer schwerer. Du kannst dir nicht vorstellen, was sie alles ißt! Eine Stunde nach den Mahlzeiten klagt sie über ein klein bißchen Hunger, wie sie das nennt. Der Doktor warnt mich, ich soll ihr nichts geben, wenn sie etwas verlangt, aber ich habe nicht das Herz dazu.

Soweit seine Erinnerung zurückreichte, hatte Eddie seine Großmutter fast immer nur als unförmig dicke Frau gekannt, die regungslos in einem Lehnstuhl saß.

Das ist alles für heute. Ich mache mir wirklich Sorgen. Du weißt wahrscheinlich mehr als ich, also benachrichtige mich so schnell wie möglich, vor allem über Tony.

Hat die Kleine inzwischen angefangen zu sprechen? Hier im Viertel gibt es einen Fall, nicht von einem Mädchen, sondern von einem Jungen im selben Alter, der . . .

Der Rest stand auf einem andersfarbigen Stück Papier, und in einer Ecke stand wie immer das Wort: *Küsse.*

Eddie gab den Brief nicht seiner Frau. Er ließ sie nie seine Post lesen, nicht einmal die Briefe seiner Mutter, und sie wäre gar nicht auf die Idee gekommen, ihn darum zu bitten.

»Alles in Ordnung?«

»Gino ist in Kalifornien.«

»Bleibt er lange dort?«

»Meine Mutter weiß es nicht.«

Er sprach lieber nicht mit ihr über Tony. Er sprach überhaupt wenig mit ihr über seine Angelegenheiten. Auch sie war aus Brooklyn, aber nicht aus demselben Milieu wie er. Er hatte es so gewollt; sie sollte Italienerin sein wie er, mit einer anderen Frau hätte er sich nicht wohl gefühlt. Ihr Vater hatte jedoch eine ziemlich hohe Stellung in einer Exportgesellschaft, und zu der Zeit, als sie Eddie kennenlernte, arbeitete sie in einem Geschäft in Manhattan.

Bevor er aus dem Haus ging, gab er Babe, die unter der Aufsicht von Loïs in der Küche saß, einen Kuß. Auch seiner Frau gab er zerstreut einen Kuß.

»Vergiß nicht, mich anzurufen, wenn du nach Miami fährst.«

Draußen war es bereits sehr warm. Die Sonne schien. Immer schien die Sonne, außer während der zwei bis drei Monate Regenzeit. Es blühten auch immer Blumen, in den Beeten, an den Sträuchern, und die Straßen säumten Palmen.

Er ging durch den Garten, um seinen Wagen aus der Garage zu holen. Alle Leute, die nach Siesta Beach kamen, stimmten darin überein, daß es hier paradiesisch war. Die Häuser, eher Villen, waren neu gebaut, jedes hatte einen Garten und lag zwischen dem Meer und der Lagune.

Er überquerte die Lagune auf der Holzbrücke und fuhr am Ende der Straße in die Stadt hinein.

Das Auto fuhr fast geräuschlos. Es war eins der besten Autos, die man bekommen konnte, und es war immer auf Hochglanz poliert.

Alles war schön, alles war hell und sauber. Alles schimmerte im Licht. Manchmal konnte man den Eindruck haben, man lebe in einer Umgebung wie auf einem Touristenplakat.

Links lagen fast ganz unbeweglich Yachten im Hafen. Und in der Main Street zwischen den Geschäftshäusern waren Leuchtreklamen, die nachts im Neonlicht erstrahlten: Gypsy, Rialto, Coconut Grove, Little Cottage.

Die Türen waren geschlossen, und wenn eine offen stand, so weil die Putzfrauen gerade beschäftigt waren.

Er bog nach links in die Sankt Petersburger Straße, und kurz vor der Stadtgrenze erblickte er ein langes Holzgebäude, auf dessen Giebel man lesen konnte: West Coast Fruit Imporium, Inc.

Die Front bestand aus einem einzigen langen Verkaufstisch, auf dem alle Früchte der Erde versammelt schienen, goldfarbene Ananas, Pampelmusen, gewachste Orangen, Mango, Avokados, jede Obstsorte zu einer Pyramide geformt. Nicht weit davon lagen die Gemüse, denen zerstäubtes Wasser eine fast unnatürliche Frische verlieh. Es wurden nicht nur Früchte verkauft: Innen im Geschäft gab es fast alle Arten von Kolonialwaren, die Wände waren vom Boden bis zur Decke mit Konserven vollgestellt.

»Wie geht's, Chef?«

Im Schatten war ein freier Platz für seinen Wagen reserviert. Jeden Morgen kam ihm der alte Angelo im weißen Kittel und weißer Schürze entgegen.

»Danke, gut, Angelo.«

Eddie lächelte selten, eigentlich nie, und Angelo irritierte das nicht mehr als Alice. Er war eben so. Das hieß noch nicht, daß er schlechter Laune war. Er hatte seine eigene Art, die Leute und die Dinge zu betrachten, nicht gerade, als sei er auf eine Hinterlist gefaßt, aber ruhig und besonnen. Drüben in Brooklyn hatte man ihm schon, kaum daß er zwanzig Jahre alt war, den Spitznamen »der Buchhalter« gegeben.

»Es ist jemand für Sie gekommen.«

»Ich weiß. Wo ist er?«

»Ich hab ihn in Ihr Büro geführt. Da ich nicht wußte . . .«

Zwei Ladenjungen im Kittel füllten die Körbe mit frischem Obst. Dahinter, in einem verglasten Büro, klapperte eine Schreibmaschine, die von Miss van Ness, deren blondes Haar und regelmäßiges Profil er sehen konnte.

Eddie öffnete halb die Tür.

»Ein Anruf?«

»Nein, Mister Rico.«

Sie hatte einen Vornamen, Beulah, aber so hatte er sie nie genannt. Er war nicht gern familiär, schon gar nicht mit ihr.

»Es wartet jemand in Ihrem Büro auf Sie.«

»Ja, ich weiß.«

Er trat ein, vermied es aber, sofort den Mann anzusehen, der im Gegenlicht auf einem Stuhl saß und eine Zigarette rauchte. Er stand nicht auf. Eddie zog sein Jackett aus, dann seinen Panama und hing beides an den Kleiderständer. Dann setzte er sich hin, wobei er die Hosenbeine anhob, um sie nicht zu knittern, und zündete sich ebenfalls eine Zigarette an.

»Man hat mir gesagt . . .«

Endlich faßte Eddie den Besucher fester ins Auge, einen großen muskulösen jungen Mann von etwa vierundzwanzig oder fünfundzwanzig Jahren mit rötlichem, stark gekräuseltem Haar.

»Wer hat es dir gesagt?« fragte er.

»Das wissen Sie doch, oder?«

Er wiederholte die Frage nicht und begnügte sich damit, den fuchsroten Mann anzusehen, und dieser fühlte sich schließlich unbehaglich. Er stand auf und murmelte:

»Boston Phil.«

»Wann hast du ihn gesehen?«

»Samstag. Also vor drei Tagen.«

»Was hat er zu dir gesagt?«

»Daß ich Sie unter dieser Adresse aufsuchen soll.«

»Und?«

»Ich soll von Santa Clara nicht weg.«

»Das ist alles?«

»Unter gar keinen Umständen soll ich weg.«

Eddie starrte ihn immer noch an, und der andere fuhr fort:

»Ich soll Ihnen nicht auf die Nerven gehen.«

»Setz dich. Wie heißt du?«

»Joe. Drüben nennen sie mich Curly Joe.«

»Du bekommst einen Kittel und arbeitest im Geschäft.«

Der Rothaarige seufzte:

»Hab ich's doch geahnt.«

»Es gefällt dir wohl nicht?«

»Das habe ich nicht gesagt.«

»Du schläfst bei Angelo.«

»Bei dem Alten?«

»Ja. Du gehst nur weg, wenn er dir die Erlaubnis dazu gibt. Von wem wirst du gesucht?«

Joes Stirn wurde dunkelrot. Er sagte mit der Miene eines starrköpfigen kleinen Jungen:

»Sie haben mir geraten, zu niemandem etwas zu sagen.«

»Zu mir auch nicht?«

»Zu keinem.«

»Sie haben dir ausdrücklich gesagt, du sollst mir nichts sagen?«

»Phil hat gesagt: zu keinem.«

»Du kennst meinen Bruder?«

»Welchen? Bug?«

Das war Ginos Spitzname.

»Weißt du, wo er ist?«

»Er ist kurz vor mir abgereist.«

»Habt ihr zusammen gearbeitet?«

Joe antwortete nicht, aber er leugnete auch nicht ab.

»Kennst du auch meinen anderen Bruder?«

»Ich hab von Tony gehört.«

Warum sah er zu Boden, als er das sagte?

»Hast du ihn schon mal gesehen?«

»Nein. Ich glaub nicht.«

»In welchem Zusammenhang ist über ihn gesprochen worden?«

»Das hab ich vergessen.«

»Ist es lange her?«

»Weiß ich nicht.«

Es war besser, nicht weiter zu bohren.

»Hast du Geld?«

»Etwas.«

»Wenn du keins mehr hast, kannst du mich um welches bitten. Du wirst hier allerdings kaum welches brauchen.«

»Gibt's Mädchen?«

»Das sehen wir noch.«

Eddie stand auf und ging zur Tür.

»Angelo gibt dir einen Kittel und die Anweisungen.«

»Jetzt gleich?«

»Ja.«

Rico mochte den Burschen nicht, vor allem nicht seine lakonischen Antworten. Und auch nicht die Art, wie er es vermied, ihm ins Gesicht zu sehen.

»Nimm ihn mit, Angelo. Er schläft bei dir. Laß ihn nicht ausgehen, solang Phil mir nichts Näheres mitgeteilt hat.«

Er strich leicht mit dem Finger über sein Schönheitsmal, wo ein kleiner Blutstropfen angetrocknet war, und trat in das Büro nebenan.

»Bei der Post nichts dabei?«

»Nichts von Interesse.«

»Noch immer kein Anruf aus Miami?«

»Erwarten Sie einen?«

»Ich weiß nicht.«

Es klingelte, aber es war nur ein Orangen- und Zitronenhändler am Telefon. Er ging in sein Büro zurück. Er tat nichts, er wartete nur. Tags zuvor hatte er nicht daran gedacht, Boston Phil zu fragen, in welchem Hotel in Miami er abgestiegen war. Er stieg nicht immer im gleichen Hotel ab. Es war vielleicht auch besser, daß er nicht gefragt hatte. Phil mochte es nicht, wenn man neugierig war.

Er unterschrieb die Post, die Miss van Ness ihm brachte. Sie hatte ein Parfüm, das er nicht mochte; er war sehr empfindlich, was Parfüm betraf. Selbst benutzte er nur ganz unauffälliges. Eigentlich mochte er seinen eigenen Körpergeruch nicht. Er störte ihn beinahe, und er benutzte Deodorants.

»Wenn ein Anruf für mich aus Miami kommt . . .«

»Gehen Sie weg?«

»Ich besuche McGee im Club Flamingo.«

»Soll ich ausrichten, daß man Sie da anruft?«

»Ich bin in zehn Minuten dort.«

Phil hatte keinen Anruf angekündigt. Er hatte ihm nur gesagt, daß Sid Kubik wahrscheinlich diesen Morgen in Miami ankommen würde. Außerdem hatte er durchblicken lassen, daß Kubik ihn vielleicht zu sprechen wünschte.

Warum war er sich so sicher, daß er einen Anruf bekommen würde?

Er trat aus dem schattigen Lager in die warme Helle draußen. Der Rothaarige kam mit Angelo aus einer kleinen Kammer; in dem weißen Ladenkittel sah er größer und breiter aus.

»Ich gehe zu McGee«, sagte Rico.

Er stieg in seinen Wagen, fuhr ein Stück rückwärts und bog dann nach links in die Hauptstraße ein. Knapp hundert Meter vor ihm war eine Ampel. Sie zeigte auf Grün. Gerade als Eddie durchfahren wollte, bemerkte er einen Mann am Straßenrand, der ihm zuwinkte.

Beinahe hätte er den Fußgänger nicht erkannt, er dachte im ersten Augenblick, es sei ein Anhalter. Als er aber genauer hinsah, zog er die Augenbrauen zusammen und bremste.

Es war sein Bruder Gino, der sich eigentlich hätte in Kalifornien befinden müssen.

»Steig ein!«

Er drehte sich um, um sich zu vergewissern, daß ihnen vom Geschäft her niemand nachschaute.

2

Eine Weile hätte man glauben können, Eddie habe einen Fremden am Straßenrand mitgenommen. Er sah nicht hin, wie sein Bruder in den Wagen stieg, und fragte ihn auch nichts. Und Gino, eine unangezündete Zigarette zwischen den dünnen Lippen, setzte sich so schnell hinein, daß die Wagentür schon wieder zu war, bevor die Ampel auf Rot schaltete.

Eddie sah geradeaus vor sich hin, während er fuhr. Sie fuhren an Tankstellen vorbei, an einem Verkaufsgelände für Gebrauchtwagen, an einem Motel, dessen Bungalows um einen Weiher herum standen.

Es war schon zwei Jahre her, seit sich die Brüder zum letztenmal gesehen hatten. Das war in New York gewesen. Gino war nur einmal nach Santa Clara gekommen, vor fünf oder sechs Jahren, und da war Sea Breeze noch nicht gebaut; die jüngste von Eddies Töchtern kannte er also nicht.

Ein paarmal überholten sie einen Lastwagen. Sie waren gut eine Meile aus der Stadt, als Eddie endlich fragte, wobei er kaum den Mund öffnete und nach wie vor geradeaus vor sich hin sah:

»Wissen sie, daß du hier bist?«

»Nein.«

»Sie glauben, du bist in Los Angeles?«

»In San Diego.«

Gino war mager und nicht besonders schön. Als einziger der Familie hatte er eine lange, etwas schiefe Nase, tiefliegende, aber glänzende Augen und eine fahle Haut. Seine eigentümlich knochigen und sehnigen Hände mit den außerordentlich langen und dünnen Fingern, unter deren Haut sich die Knochen abzeichneten, drehten ständig irgend etwas, ein Brot- oder Papierkügelchen oder auch einen kleinen Gummiball.

»Bist du mit dem Zug gekommen?«

Gino fragte seinen älteren Bruder nicht, wo er mit ihm hinfuhr. Die Stadt lag hinter ihnen. Eddie bog nach links in eine kaum befahrene Straße ein, die durch Kieferngehölz und einige Gladiolenfelder führte.

»Nein. Auch nicht mit dem Flugzeug. Ich habe den Bus genommen.«

Eddie runzelte die Stirn. Er begriff. Es war anonymer. Sein Bruder war mit den großen blausilbernen Bussen gefahren, die einen Windhund auf der Karosserie haben und durch die Vereinigten Staaten fahren wie früher die Postkutschen. Sie halten in jeder Stadt, und die Stationen sehen aus wie früher die Poststationen. Sie wimmeln von einer buntgemischten Menge, wobei vor allem im Süden die Neger in der Mehrzahl sind, von Reisenden mit Koffern und Schachteln, Müttern mit Kindern, Leuten, die sehr weit fahren, und anderen, die an der nächsten Haltestelle wieder aussteigen; die Leute haben Sandwiches dabei, die sie manchmal, wenn der Bus hält, im Stehen an einer Theke zu heißem Kaffee essen, sie schlafen, rutschen unruhig hin und her oder verbreiten sich geschwätzig über ihre persönlichen Angelegenheiten.

»Ich habe ihnen gesagt, daß ich mit dem Bus fahre.«

Wieder Schweigen, zwei oder drei Meilen lang. Ungefähr dreißig Gefangene mit nacktem Oberkörper, fast alle jung und mit einem Strohhut auf dem Kopf, mähten die Böschung neben der Straße, und zwei Aufseher mit Karabinern in der Hand bewachten sie.

Sie schauten nicht zu ihnen hin.

»Alice geht es gut?«

»Ja.«

»Auch den Kindern?«

»Lilian spricht immer noch nicht.«

Sie mochten sich gern leiden. Die Brüder hatten schon immer als eine Einheit gegolten. Sie waren nicht nur verwandt, sie waren auch auf dieselbe Schule gegangen, hatten als kleine Jungen auf der Straße denselben Banden angehört, dieselben Kämpfe zusammen ausgefochten. Damals hatte Gino seinem älteren Bruder aufrichtige Bewunderung entgegengebracht. Bewunderte er ihn noch immer? Vielleicht. Bei ihm konnte man nie wissen. Es gab eine düstere, leidenschaftliche Seite in seinem Wesen, die er vor den anderen verbarg.

Eddie hatte ihn nie verstanden, er hatte sich in seiner Nähe immer etwas gehemmt gefühlt. Außerdem gab es belanglose Kleinigkeiten, die ihm zuwider waren. Zum Beispiel trug Gino die auffällige Kleidung der Ganoven, die sie als junge Burschen nachgemacht hatten. Er hatte ihre Manieren beibehalten, ihr Benehmen, den arroganten und zugleich schweifenden Blick, bis hin zu der im Mund hängenden Zigarette und dem Tick, unaufhörlich etwas zwischen den langen blassen Fingern zu drehen.

»Hast du einen Brief von Mama bekommen?«

»Heute morgen.«

»Dachte ich mir, daß sie dir schreibt.«

Sie waren wieder am Wasser, an einer Lagune, größer als die in Siesta Beach. Eine lange Holzbrücke, auf der Fischer standen, führte zu einer Insel. Die Holzplanken der Brücke zitterten unter den Wagenrädern. Auf der Insel fuhren sie durch ein Dorf, dann eine Teerstraße entlang. Buschwerk, Sumpf, gemischt stehende Palmen und Kiefern wechselten sich ab, und endlich kamen sie zu den Dünen. Eine halbe Stunde war vergangen, seitdem sie sich getroffen hatten, und sie hatten noch kaum etwas gesprochen, als Eddie den Wagen auf einen Weg zwischen den Dünen lenkte und an der äußersten Spitze der Insel anhielt, auf einem blendendweißen Strand mit heftiger Brandung, wo sich nur Möwen und Pelikane aufhielten.

Er ließ die Wagentür geschlossen und blieb auf seinem Sitz, stellte den Motor ab und zündete sich eine Zigarette an. Der Sand war sicher brennend heiß unter den Füßen. Ein Saum von Muscheln ließ erkennen, wie hoch das Meer bei der letzten Flut gestiegen war. Eine hohe Welle, zu weiß und zu leuchtend, als daß man sie hätte lange ansehen können, hob sich in regelmäßigen Abständen und fiel langsam als eine Wolke glitzernden Staubes wieder zurück.

»Was ist mit Tony?« fragte Eddie schließlich, zu seinem Bruder gewandt.

»Was hat dir Mama geschrieben?«

»Daß er geheiratet hat. Stimmt das?«

»Ja.«

»Weißt du, wo er ist?«

»Nicht genau. Sie suchen ihn. Sie haben die Eltern von seiner Frau gefunden.«

»Italiener?«

»Geborene Littauer. Der Vater hat eine kleine Farm in Pennsylvania. Anscheinend weiß er auch nicht, wo seine Tochter steckt.«

»Weiß er über die Heirat Bescheid?«

»Tony ist hingefahren und hat es ihm gesagt. Wie ich erfahren habe, hat die Tochter in New York in einem Büro gearbeitet, aber Tony hat sie in Atlantic City kennengelernt, wo sie Ferien gemacht hat. Sie haben sich offenbar in New York wiedergesehen. Vor ungefähr zwei Monaten haben sie den Alten besucht und ihm gesagt, daß sie geheiratet haben. Sie sind ungefähr zwei Wochen bei ihm geblieben.«

Eddie hielt seinem Bruder die Zigarettenschachtel hin. Er nahm eine, zündete sie aber nicht an.

»Ich weiß, warum sie ihn suchen«, sagte Gino langsam, fast ohne die Lippen zu bewegen.

»Der Fall Carmine?«

»Nein.«

Es widerstrebte Eddie, über all das zu sprechen. Es war bereits alles so weit weg von ihm, wie in einer anderen Welt. Am liebsten hätte er überhaupt nichts gewußt. Es ist immer gefährlich, zuviel zu wissen. Warum waren seine Brüder nicht ausgestiegen, wie er es gemacht hatte? Selbst der Spitzname

»Bug«, das Insekt, wie Gino immer noch genannt wurde, stieß ihn ab, als wäre es etwas Ungebührliches.

»Ich habe Carmine umgelegt«, sagte Gino in aller Ruhe.

Eddie verzog keine Miene. Gino hatte schon immer gern getötet. Auch das hielt seinen älteren Bruder, dem Brutalität Grauen einflößte, davon ab, sich auf gleicher Ebene mit ihm zu fühlen.

Er verurteilte ihn nicht, er fand es an sich nicht schlimm. Es war eher eine physische Abneigung, wie die gegen Ginos Slangausdrücke, die er selbst schon lange nicht mehr benutzte.

»Ist Tony gefahren?«

Er wußte, wie es ablief. In Brooklyn hatte er als kleiner Junge noch mitbekommen, wie sich das Verfahren langsam entwickelte, und daran hatte sich fast nichts geändert.

Jeder hatte seine Rolle, sein Spezialgebiet, wovon er selten abwich. Erst hatte einer im entsprechenden Augenblick den Wagen zu beschaffen, einen schnellen, nicht zu auffälligen Wagen mit vollgetanktem Reservekanister, am besten mit dem Nummernschild eines anderen Staates, denn das verzögerte die Ermittlungen. Diese Aufgabe hatte er zweimal übernommen, als er kaum siebzehn gewesen war. Auch Tony hatte so angefangen. Er war noch jünger gewesen. Man brachte den Wagen an einen bestimmten Ort und bekam zehn oder zwanzig Dollar.

Tony war so versessen auf Technik und Geschwindigkeit, daß er ein Spiel daraus machte. Er klaute irgendein Auto vom Straßenrand, das ihm gefiel, nur

34

um zu seinem eigenen Vergnügen ein paar Stunden lang auf der Landstraße zu fahren, wo er es dann auch stehenließ. Einmal war er gegen einen Baum gerast. Sein Kumpel war tot, er selbst war ohne einen Kratzer davongekommen.

Mit neunzehn hatte er einen größeren Auftrag bekommen. Er fuhr das Auto, in dem der Killer und sein Begleiter saßen, an den betreffenden Ort und mußte dann, auch wenn er eventuell von der Polizei verfolgt wurde, zu einer Stelle fahren, wo ein anderes Auto ohne Kennzeichen auf sie wartete.

»Bei Carmine ist Fatty am Steuer gesessen.«

Gino sagte das mit einer Art wehmütigem Bedauern. Eddie hatte Fatty gekannt, ein dicker Junge, der Sohn eines Flickschusters. Er war jünger als er, und gelegentlich hatte er ihm einen Auftrag zukommen lassen.

»Wer war der Boss?«

»Vince Vettori.«

Er hätte die Frage besser nicht stellen sollen, vor allem, weil es sich um Vettori handelte, denn das bedeutete, daß es um etwas Wichtiges ging, um etwas, das die obersten Bosse unter sich ausmachten.

Carmine, Vettori, das waren wie Boston Phil Männer, die auf höherer Ebene arbeiteten als er. Sie gaben Befehle und liebten es nicht, wenn man sich mit ihren Angelegenheiten beschäftigte.

»Alles ist nach Plan gelaufen. Sie haben gewußt, daß Carmine um elf Uhr aus dem El Charro kommt, denn er hatte wenig später anderswo eine Verabredung. Wir wurden in etwa fünfzig Meter Entfernung aufgestellt. Als er seine Garderobe holte, bekamen wir das Zeichen. Fatty ist langsam rangefahren, und wir waren genau in dem Augenblick vor dem Restaurant, als Carmine die Tür aufmachte. Ich brauchte ihn nur mit Blei vollzupumpen.«

Das Wort schockierte Eddie. Er sah nicht zu seinem Bruder hin. Er beobachtete einen Pelikan, der über dem weißen Wellensaum schwebte und sich von Zeit zu Zeit fallen ließ, um einen Fisch zu schnappen. Eifersüchtige Möwen umkreisten ihn und stimmten jedesmal, wenn er eine Beute erwischt hatte, lautes Geschrei an.

»Trotzdem ist der Wurm drin. Ich habe es erst hintenherum erfahren.«

So war das immer. Man konnte nur schwer herausfinden, was genau vor sich ging; die oben hielten vorsorglich den Mund; man hörte nur vage Gerüchte und zog seine Schlüsse.

»Erinnerst du dich an den alten Rosenberg?«

»Den Zigarrenhändler?«

Eddie erinnerte sich an den Zeitungs- und Zigarrenladen direkt gegenüber dem El Charro. Zu der Zeit, als Eddie die kleinen Wetten für einen Buchmacher annahm, tat er das manchmal vor Rosenbergs Bude. Der wußte das und schickte ihm gegen eine kleine Kommission Kunden. Er war damals schon alt. Wenigstens kam es Eddie so vor.

»Wie alt ist er?«

»In den Sechzigern. Anscheinend haben sie ihn schon länger im Auge gehabt. Es heißt, er hätte mit der Polizei zusammengearbeitet. Sicher ist, daß ihn der Sergeant O'Malley zweimal besucht hat. Am dritten

Abend hat er ihn dann zum Staatsanwalt mitgenommen. Ich weiß nicht, ob Rosenberg wirklich ausge-
packt hat. Vielleicht haben sie nur das Risiko nicht
eingehen wollen. Er hat gerade seinen Laden zugemacht, als wir Carmine umgelegt haben. Möglicherweise hat er uns erkannt. Also haben sie beschlossen,
ihn kaltzumachen.«

Auch das war eine Routineangelegenheit. Als Eddie
noch in Brooklyn lebte, hatte er solche Geschichten
zwanzigmal gehört. Und wie oft hatte er sie dann
später in der Zeitung gelesen!

»Ich weiß nicht, warum, aber sie wollten nicht, daß
ich es mache, und haben einen Neuen genommen,
einen großen Rothaarigen. Er heißt Joe.«

»War Tony am Steuer?«

»Ja. Du hast sicher davon gelesen. Wahrscheinlich
hat Rosenberg tatsächlich geredet, denn sie haben ihm
eine Leibwache verpaßt, einen Typ in Zivil aus einem
anderen Viertel. Rosenberg hat seinen Laden jeden
Morgen pünktlich um acht Uhr aufgemacht. Gleich
daneben ist die Metrostation, und an der Ecke ist genug
Verkehr. Der Wagen ist langsam vorgefahren, und
gerade als der Alte seine Auslage hergerichtet hat, hat er
drei Kugeln in den Rücken gekriegt. Ich weiß nicht, ob
Joe den Kerl gesehen hat, der neben ihm stand, und
einen Polizisten in ihm gewittert hat. Vielleicht wollte
er nur auf Nummer Sicher gehen. Jedenfalls hat er ihn
ebenfalls umgelegt, und bevor die Leute gemerkt haben, was los ist, war der Wagen schon wieder verschwunden.«

Eddie wußte von all dem nur recht wenig, aber der

Vorfall als solcher war ihm so vertraut, daß er ihn wie im Kino deutlich vor sich sah. Mit viereinhalb Jahren hatte er genau so eine Szene miterlebt, oder fast genau so eine, und er war von den drei Brüdern der einzige Zeuge gewesen. Gino war damals erst zwei Jahre alt und rutschte noch bei seiner Großmutter auf dem Zimmerboden herum, und Tony war noch gar nicht geboren. Ihre Mutter trug ihn noch im Leib, und man hatte einen Stuhl für sie hinter den Ladentisch gestellt.

Es war ein anderer Laden als der, den sie jetzt hatte. Der Vater lebte noch. Eddie erinnerte sich recht gut an ihn, an sein dichtes, dunkles Haar, seinen dicken Kopf und seinen stets ruhigen Gesichtsausdruck.

Auch er kam Eddie alt vor, und dabei war er in Wirklichkeit erst fünfunddreißig.

Er stammte nicht aus den Vereinigten Staaten, sondern aus Sizilien, aus der Gegend von Taormina, wo er als junger Mann in einer Seilerwerkstatt gearbeitet hatte. Nach Brooklyn war er mit neunzehn Jahren gekommen. Er hatte wohl die verschiedensten Berufe ausgeübt, wahrscheinlich recht niedrige, denn er war sanftmütig, schüchtern und langsam und lächelte etwas naiv. Er hieß Cesare. Einige im Viertel erinnerten sich noch daran, wie er auf der Straße Eiscrème verkaufte.

Gegen die Dreißig hatte er Julia geheiratet. Sie war erst zwanzig, und ihr Vater war gerade gestorben.

Eddie hatte immer den Verdacht gehabt, daß sie ihn genommen hatte, weil sie einen Mann fürs Geschäft brauchten. Es war ein Vorstadtladen mit Gemüse, Obst und ein paar Lebensmitteln. Julias Mutter war schon damals unförmig dick.

Eddie sah seinen Vater vor sich, wie er die Falltür links hinter dem Ladentisch aufmachte und in den Keller stieg, um Butter oder Käse zu holen, oder wie er mit einem Sack Kartoffeln auf den Schultern heraufkam.

Eines Nachmittags spielte Eddie mit einem anderen kleinen Jungen auf der Straße. Es schneite. Sie spielten auf dem Gehsteig gegenüber, es war noch ziemlich hell, aber im Schaufenster brannte schon Licht. An der Straßenecke entstand auf einmal Tumult, Männer rannten herum, und schrille Stimmen waren zu hören.

Cesare in seiner weißen Schürze war aus dem Laden gekommen und hatte sich zwischen die Körbe gestellt. Einer von den rennenden Männern stieß ihn an, und genau in diesem Augenblick krachten zwei Schüsse.

Hatte Eddie wirklich alles gesehen? Konnte er sich an alles erinnern? Die Geschichte wurde zu Hause so oft wieder und wieder erzählt, daß sich sicher andere Zeugenaussagen in sein Gedächtnis gemischt hatten.

Jedenfalls sah er seinen Vater vor sich, wie er beide Hände zum Gesicht hob, einen Augenblick schwankte und dann auf dem Gehsteig zusammenbrach, und Eddie hätte schwören mögen, daß es seine eigene Erinnerung war, daß seinem Vater die eine Gesichtshälfte weggerissen wurde.

»Die linke Hälfte war nur noch ein einziges großes Loch!« hatte er oft erzählt.

Der Mann, der geschossen hatte, war offenbar noch ziemlich weit weg gewesen, denn dem Verfolgten war es gelungen, im Laden zu verschwinden.

»Er war noch jung, nicht wahr, Mama?«

»Neunzehn oder zwanzig. Du kannst es nicht mehr wissen.«

»Doch! Er war ganz schwarz angezogen.«

»Das ist dir nur so vorgekommen, weil es im Halbdunkel war.«

Ein Polizist in Uniform und dann noch einer waren gekommen und gingen in den Laden, ohne Cesares Leiche näher in Augenschein zu nehmen. Julia saß links hinter dem Ladentisch auf ihrem Stuhl und hatte die Hände über ihrem vorgewölbten Bauch gefaltet.

»Wo ist er?«

»Dort hinaus . . .«

Sie zeigte auf die hintere Tür, die auf einen Gang führte.

Sie wohnten in einem sehr alten Häuserkomplex, dahinter waren verschachtelte Höfe, in denen die Karren abgestellt wurden. Einer der Händler in der Nachbarschaft hatte sogar einen Stall und ein Pferd darin.

Wer hatte einen Krankenwagen verständigt? Das wurde nie herausgefunden. Jedenfalls kam einer. Eddie sah ihn die Straße heraufkommen und dann mit einem Ruck halten; zwei weißgekleidete Männer sprangen auf den Gehsteig, und nun erst erschien seine Mutter in der Ladentür und stürzte zu ihrem Mann.

Weitere Polizisten halfen, das Viertel zu durchsuchen. An die zehnmal liefen sie durch den Laden. Die Hinterhöfe hatten mindestens zwei oder drei Ausgänge.

Es dauerte Jahre, bis Eddie die Wahrheit erfuhr. Der Mann, der gejagt wurde, war nicht über die Höfe davongelaufen. Als er ins Geschäft lief, hatte gerade die Falltür zum Keller offengestanden. Julia hatte ihn erkannt und ihm gewunken, er solle dort verschwinden, hatte die Falltür wieder zugemacht und ihren Stuhl daraufgestellt. Daran hatte keiner von den Polizisten gedacht!

»Und deshalb konnte ich nicht zu deinem armen Vater laufen . . .« sagte sie abschließend einfach.

Alle fanden das offenbar selbstverständlich. Keiner im Viertel wäre auf die Idee gekommen, es nicht selbstverständlich zu finden.

Der junge Mann war ein Pole. Er hatte einen merkwürdigen Vornamen und sprach damals noch kaum Englisch. Er blieb für viele Jahre von der Bildfläche verschwunden.

Als er wiederauftauchte, war er ein imposanter, breitschultriger Mann geworden, der sich Sid Kubik nannte und schon beinahe zu den großen Bossen gehörte. Bei ihm liefen die Rennwetten zusammen, nicht nur die aus Brooklyn, auch aus dem unteren Manhattan und aus Greenwich Village, und Eddie begann, für ihn zu arbeiten.

Da der Vater tot war und es für eine Frau schwer ist, Obstkisten und Gemüsekörbe zu schleppen, hatte Julia den Süßigkeiten- und Sodaladen gleich nebenan gekauft.

Kubik war mehrmals vorbeigekommen und hatte sie kurz besucht. Er nannte sie mit seinem komischen Akzent Mama Julia.

Die beiden Männer im Auto schwiegen. Eddie bemerkte weit weg am Strand einen roten Farbfleck. Eine

Frau im scharlachroten Badeanzug schlenderte umher und bückte sich von Zeit zu Zeit. Offenbar sammelte sie Muscheln. Aber es würde lange dauern, bis sie bei ihnen angelangt war.

Eins machte ihm Kopfzerbrechen. Der Fall Carmine war sechs Monate her. Vier Tage nach dem Überfall vor dem El Charro war der einzige Zeuge beseitigt worden. Kein Staatsanwalt war unter diesen Umständen so wahnwitzig, es mit der Organisation aufzunehmen.

Um ein Verfahren einzuleiten, brauchten sie erst eine feste Grundlage, Zeugen, auf die sie sich verlassen konnten. Das war daraus zu ersehen, daß man schon seit Wochen und Monaten nichts mehr über den Fall gehört hatte. Es wurden lediglich einige halbherzige Untersuchungen angestellt, um die Bevölkerung zu beruhigen.

Eddie wußte, daß sein Bruder an dasselbe dachte.

»Hat jemand geredet?« murmelte er endlich und wandte den Kopf.

»Ich hab nichts Genaues erfahren können. Alle möglichen Gerüchte sind im Umlauf. Insbesondere seit zwei Wochen wird getuschelt. In den Bars tauchen neue Gesichter auf. O'Malley zeigt überall ein selbstzufriedenes Lächeln, als hätte er eine Überraschung in petto. Ich begegne keinen Leuten mehr, die mich mit unschuldiger Miene fragen:

›Hast du was von Tony gehört?‹

Ich hatte auch das Gefühl, daß sich einige ungern in meiner Begleitung sehen lassen. Ein paar haben zu mir gesagt:

›Na, Tony ist wohl solide geworden? Ist es wahr, daß er ein bürgerliches Mädchen geheiratet hat?‹

Dann habe ich Order bekommen, nach San Diego zu verschwinden und dort zu bleiben.«

»Warum bist du hier vorbeigekommen?«

Gino sah seinen Bruder eigentümlich an, als würde er ihm ebenso mißtrauen wie allen anderen.

»Wegen Tony.«

»Was ist mit ihm?«

»Wenn sie ihn finden, legen sie ihn um.«

Ohne rechte Überzeugung murmelte Eddie:

»Glaubst du?«

»Sie werden doch nicht mehr Risiko eingehen wie bei Rosenberg. Sie mögen es sowieso schon nicht, wenn einer die Organisation verläßt.«

Das wußte Eddie natürlich auch, aber es mißfiel ihm, so unverhüllt daran denken zu müssen.

»Tony war bei der letzten Affäre dabei, mit der sich der Staatsanwalt gerade beschäftigt. Sie fürchten, daß er redet, wenn ihn die Polizei richtig ins Gebet nimmt.«

»Glaubst du das auch?«

Gino sah zur Wagentür hinaus, spuckte in den heißen Sand und erwiderte nach kurzem Schweigen:

»Schon möglich.«

Dann sagte er, immer noch fast ohne die Lippen zu bewegen:

»Er ist verliebt.«

Und schließlich:

»Es geht das Gerücht um, daß seine Frau schwanger ist.«

Das Wort schien ihn anzuekeln.

»Du weißt wirklich nicht, wo er ist?«

»Wenn ich es wüßte, würde ich hinfahren.«

Eddie wagte nicht zu fragen, warum. Sie waren zwar Brüder, aber zwischen ihnen, über ihnen stand die Organisation, über die sie nur andeutungsweise sprachen.

»Wo wäre er sicher?«

»In Kanada, in Mexiko, in Südamerika. Irgendwo. Bis sich die Lage beruhigt hat.«

Gino änderte den Tonfall, es war, als spräche er zu sich selbst, als er sagte:

»Ich hab mir gedacht, du hast mehr Bewegungsfreiheit als ich. Du kennst viele Leute. Du bist nicht dabeigewesen. Vielleicht gelingt es dir herauszukriegen, wo er sich versteckt, und ihm zu helfen, daß er fort kann . . .«

»Hat er Geld?«

»Du weißt sehr gut, daß er nie welches gehabt hat.«

Die rote Frau war nur noch dreihundert Meter weit weg. Eddie drehte plötzlich den Zündschlüssel und drückte aufs Gas. Der Wagen machte einen Sprung nach hinten in den Sand und wendete zwischen den Dünen.

»Wo hast du dein Gepäck?«

»Ich hab nur einen Koffer. Den hab ich im Schließfach im Busbahnhof gelassen.«

Gino hatte nie mehr als einen Koffer besessen. Seitdem er mit achtzehn Jahren von daheim weggegangen war, hatte er kein richtiges Zuhause gehabt. Er wohnte in möblierten Zimmern, einen Monat hier, zwei Wochen dort, und man konnte ihn in irgendeiner Bar treffen oder ihm seine Post dorthinbringen; dabei trank er weder Alkohol noch Bier.

Sie fuhren schweigend. Ginos Zigarette war noch immer nicht angezündet. Eddie fragte sich, ob er ihn jemals wirklich rauchen gesehen hatte.

»Wir fahren besser nicht über die Landstraße«, sagte der Ältere nicht ohne eine gewisse Verlegenheit.

Er fügte hinzu:

»Joe ist hier.«

Sie wußten beide, worum es ging. Es war zwar selbstverständlich, daß sie Joe weggeschickt hatten, wie sie Gino weggeschickt hatten. Es war nicht das erstemal, daß man jemanden für ein paar Tage oder ein paar Wochen zu Eddie schickte.

Aber sollte er sich hier wirklich nur verstecken? Es gab fünfzig Orte, wo man ihn hinschicken konnte, aber sie hatten einen der Brüder Rico ausgesucht.

»Ich mag ihn nicht«, sagte Eddie.

Sein Bruder zuckte mit den Schultern. Sie fuhren einen Weg parallel zur Landstraße, und als sie an einer ziemlich abgelegenen Stelle waren, sagte Gino plötzlich:

»Es ist besser, wenn du mich hier rausläßt.«

»Wie kommst du weiter?«

»Per Autostop.«

Eddie war das auch lieber, aber er ließ es sich nicht anmerken.

»Du wirst dich nicht um Tony kümmern, nehme ich an?«

»Aber natürlich. Ich tue mein möglichstes.«

Gino glaubte es ihm nicht. Er öffnete die Wagentür, gab ihm nicht die Hand, winkte nur kurz und sagte:

»Bye-bye!«

Eddie fühlte sich sehr unbehaglich. Er fuhr wieder los und sah, ohne sich umzudrehen, wie die Gestalt seines Bruders im Rückspiegel immer kleiner wurde.

Er hatte zu Miss van Ness gesagt, er sei im Club Flamingo. Wenn Boston Phil von Miami aus anrief, wurde ihm das ausgerichtet, und Phil rief sicher im Flamingo an. Das war ihm unangenehm. Er konnte tun und lassen, was er wollte, gewiß. Er konnte aufgehalten worden sein, jemanden getroffen haben. Er konnte eine Panne gehabt haben. Der Zeitpunkt war trotzdem schlecht gewählt.

Er beschleunigte das Tempo, kam wieder auf die Landstraße zurück und hielt kurz vor Mittag vor dem Flamingo, wo stand: Cocktails-Grill-Dancing.

Drei bis vier Autos standen vor der Tür. Er mußte seines halb in den Schatten, halb in die Sonne stellen, da er keinen besseren Platz fand, stieß die Tür zur Bar auf und ging hinein. Drinnen war es dank der Klimaanlage frisch, ja beinahe kalt.

»Hallo, Teddy!«

»Hallo, Mister Rico.«

»Ist Pat da?«

»Der Chef ist in seinem Büro.«

Er mußte durch den Saal, dessen Wände mit rosa Flamingos dekoriert waren und wo ein Oberkellner an zwei Tischen bediente. Dann kam eine Art Salon mit Plüschsesseln und schließlich eine Tür mit der Aufschrift: Privat.

Pat McGee antwortete sofort. Er streckte ihm seine muskulöse Hand entgegen:

»Wie geht's?«

»Ganz gut.«

»Du bist gerade angerufen worden.«

»Phil?«

»Genau. Aus Miami. Hier ist seine Nummer. Du sollst zurückrufen.«

»Hat er was gesagt?«

Warum sah er McGee argwöhnisch an? Er hatte keinen Grund dazu. Boston Phil war nicht der Mann, der einem McGee vertrauliche Mitteilungen machte.

Der hatte den Hörer abgenommen. Zwei Minuten später reichte er ihn Eddie mit der Bemerkung:

»Er ist im Excelsior abgestiegen. Ich glaube, er ist nicht allein.«

Am anderen Ende der Leitung ertönte die unangenehme Stimme von Phil:

»Hallo, Eddie?«

Eddie kannte die prächtigen Appartements im Excelsior in Miami. Phil nahm immer auch einen Salon, wo er mit Vorliebe Leute empfing und selbst die Cocktails zubereitete. Er kannte erstaunlich viele Journalisten und Leute aus allen möglichen Milieus, Schauspieler, Berufssportler und sogar Ölmagnaten aus Texas.

»Ich mußte an einer Garage halten, mein Wagen ...«

Der andere ließ ihn gar nicht erst ausreden und schnitt ihm das Wort ab:

»Sid ist angekommen.«

Darauf gab es nichts zu erwidern. Eddie wartete ab. Dort waren noch andere Leute im Raum; Stimmengewirr drang an sein Ohr, darunter eine hohe Frauenstimme.

»Mittags ging ein Flugzeug. Jetzt ist es zu spät. Du nimmst das um zwei Uhr dreißig.«

»Ich soll hinkommen?«

»Mir scheint, das ist es, was ich gesagt habe.«

»Ich war mir nicht sicher. Entschuldige.«

Er hatte den Tonfall eines Buchhalters angenommen, der vor seinem Direktor oder einem Kontrolleur steht und gleich seine Bücher vorzeigen müssen wird, und es genierte ihn, daß McGee anwesend war. In seiner Gegenwart wollte er sich nicht unterwürfig zeigen.

Schließlich war hier in seiner Region er der Chef. Im nächsten Augenblick würde McGee Befehle von ihm entgegennehmen.

»Ist der junge Mann angekommen?«

»Ja, ich habe ihn in den Laden gesteckt.«

»Gut, bis gleich.«

Phil legte auf.

»Immer der gleiche!« bemerkte McGee, »er glaubt, daß es nur ihn gibt.«

»Ja.«

»Willst du die Abrechnungen dieser Woche?«

»Heute habe ich keine Zeit. Ich muß nach Miami.«

»Das habe ich mir fast gedacht. Es heißt, Sid ist dort.«

Unerhört, wie sich alles herumsprach. Und dabei war McGee lediglich der Pächter einer Bar an der Straße mit ein paar Spielautomaten und gelegentlich mal einem Würfelspiel und ein paar Wetten.

Zweimal in der Woche machte Rico die Runde und sammelte seine Anteile ein. Die Wetten wurden von

Miss van Ness per Telefon direkt nach Miami durchge-
geben.

Was er auf diese Weise zusammenbrachte, gehörte
natürlich nicht ihm; der größte Teil ging an eine Stelle
weiter oben. Aber es blieb ihm genug, um so komforta-
bel zu leben, wie er es sich immer gewünscht hatte.

Er war kein großes Tier. Es wurde nicht in den
Zeitungen über ihn gesprochen, ganz selten einmal in
den Bars in New York, New Jersey oder Chicago.
Trotzdem war er in seiner Region der Boss, und es gab
dort keinen Nightclub, der nicht, ohne zu murren,
seine Abgaben zahlte.

Keiner versuchte, ihn hereinzulegen. Er kannte die
Beträge zu gut. Er wurde nie wütend und stieß nie
Drohungen aus. Im Gegenteil, er sprach leise und sagte
so wenig wie möglich, und jedem war klar, was
gemeint war.

Im Grunde ging er ein wenig so mit den anderen um
wie Boston Phil mit ihm. Gab es vielleicht einige, die
hinter seinem Rücken behaupteten, daß er es ihm
nachmachte?

»Einen Martini?«

»Nein. Ich muß nach Hause, mich umziehen.«

Wenn es heiß war, wechselte er manchmal zweimal
am Tag die Wäsche und den Anzug. Hatte es Phil nicht
auch so gehalten?

Er kratzte sich unbedachterweise an der Wange, und
das Schönheitsmal fing wieder zu bluten an. Kaum ein
Tropfen. Dennoch betrachtete er besorgt sein Taschentuch.

»Stimmt es, daß das Samoa wieder ein Roulette hat?«

»Ab und zu mal, wenn die Gäste wollen.«

»Mit dem Einverständnis von Garret?«

»Ja, solang niemand Einspruch erhebt.«

»Ich hätte auch Lust . . .«

»Nein! Nicht hier. Es ist zu auffällig, zu nahe bei der Stadt. Es wäre gefährlich.«

Mit Sheriff Garret war Eddie befreundet. Bisweilen gingen sie zusammen essen. Garret hatte gute Gründe, ihm nichts in den Weg zu legen. Trotzdem war es eine heikle Arbeit. Pächter wie McGee dachten nicht immer daran und schossen leicht übers Ziel.

»Bis in zwei, drei Tagen.«

»Grüß Phil von mir. Es sind schon fünf Jahre, daß er nicht mehr hier war.«

Während Eddie zu seinem Wagen zurückging, fragte er sich, ob Pat aufgefallen war, daß er Sorgen hatte. Er ging im Geschäft vorbei und teilte mit, daß er erst morgen oder übermorgen wiederkäme. Wieviel wußte Miss van Ness wirklich? Nicht er hatte sie eingestellt. Die oben hatten sie ihm geschickt. Joe im weißen Kittel bediente eine Kundin, und es schien ihm Spaß zu machen. Er zwinkerte Rico zu, was dieser zu vertraulich fand.

»Paß gut auf ihn auf!« empfahl er dem alten Angelo, zu dem er Vertrauen hatte.

»Sie können auf mich zählen, Chef.«

Die älteren Töchter kamen zum Essen nicht von der Schule heim. Alice erwartete ihn, und sie merkte ihm an, daß etwas vorgefallen war.

»Gehst du hinauf, dich umziehen?«

»Ja. Komm mit und pack mir den Koffer.«

»Du fährst nach Miami?«

»Ja.«

»Für mehrere Tage?«

»Ich weiß noch nicht.«

Er sagte ihr lieber nicht, daß er seinen Bruder Gino gesehen hatte. Obwohl er sicher war, daß sie nichts verraten würde. Sie war keine Frau, die herumklatschte.

Wenn er selten über seine Angelegenheiten sprach, so eher aus Schamgefühl. Natürlich wußte sie ungefähr, womit er sich beschäftigte. Aber Einzelheiten erzählte er doch lieber nicht. Seiner Ansicht nach durfte das Zuhause, die Familie nicht mit hineingezogen werden.

Er liebte Alice sehr. Vor allem schätzte er es, daß sie ihn rückhaltlos liebte.

»Rufst du mich an?«

»Heute abend.«

Er rief jeden Tag an, wenn er auf Reisen war, manchmal sogar zweimal am Tag. Er erkundigte sich nach den Kindern und nach allem übrigen. Er brauchte das Gefühl, daß das Haus und alles, was dazugehörte, stets gegenwärtig war.

»Nimmst du deinen weißen Smoking mit?«

»Das wäre vernünftig. Man weiß nie.«

»Drei Anzüge?«

Sie kannte sich aus.

»Du hast Blut auf der Wange.«

»Ich weiß.«

Bevor er wegging, tat er noch einmal ein wenig Alaun darauf, küßte Babe, die schon Mittagsschlaf hielt, und fragte sich, ob sie jemals sprechen würde.

Was würden die beiden älteren Mädchen später über

ihn denken, über ihn sagen? Welche Erinnerungen würden sie an ihren Vater behalten? Darüber dachte er des öfteren nach.

Er nahm seine Frau in die Arme, ihr Körper war weich, sie roch gut, ihre Lippen fühlten sich gut an.

»Bleib nicht zu lange weg.«

Er hatte ein Taxi bestellt und den Wagen Alice überlassen. Der Chauffeur kannte ihn schon und sagte Chef zu ihm.

3

Die Passagiere, die aus Tampa kamen und von noch weiter her, hatten Krawatte und Jackett abgelegt. Eddie machte es sich in der Öffentlichkeit selten bequem. Er saß aufrecht wie in einem Autobus, sah mit unbestimmtem Blick vor sich hin, und manchmal sah er ohne Neugier auf den grünen und rostroten Dschungel hinunter, den sie überflogen. Als die Stewardess lächelnd fragte, ob er Tee oder Kaffee wünsche, schüttelte er nur den Kopf. Er fühlte sich nicht verpflichtet, zu Frauen besonders freundlich zu sein. Er war auch nicht unfreundlich. Nur mißtrauisch.

Sein ganzes Leben lang war er gegen vieles mißtrauisch gewesen, und damit war er nicht schlecht gefahren. Hin und wieder erblickte er durch das Fenster die glänzende Straße, die neben einem fast gerade verlaufenden Kanal entlanglief, auf dem kein Schiff fuhr. Es war ein Bewässerungskanal, unbewegt, schwarz, fast zähflüssig, und in seinem Schlamm tummelten sich Alligatoren und anderes Getier, auf das man nur aus den großen Wasserblasen schließen konnte, die unaufhörlich an die Oberfläche stiegen.

Auf einem Straßenabschnitt von über hundertfünfzig Meilen war weder ein Haus noch eine Tankstelle zu sehen. Nicht einmal Schatten. Manchmal verging eine Stunde, ohne daß ein Auto vorbeifuhr.

53

Wenn er diese Strecke mit dem Auto machte, war er immer nervös, vor allem, wenn er allein fuhr. Selbst die von Sonne durchflutete, stickige Luft war wie ein feindliches Dröhnen. Am einen Ende lag Miami mit seinen palmengesäumten Straßen und großen Hotels, die sich schneeweiß in den Himmel erhoben, am anderen die kleinen, so sauberen und friedlichen Städte des Golfs von Mexiko.

Dazwischen lag buchstäblich ein Niemandsland, ein kochender Dschungel voller unwahrscheinlicher Tiere.

Was würde geschehen, wenn es ihm am Steuer plötzlich schlecht wurde?

Mit dem Flugzeug, das eine Klimaanlage hatte, dauerte die Reise nicht länger als in seiner Kindheit sein Weg mit dem Bus von Brooklyn ins Zentrum von Manhattan. Dennoch ergriff ihn immer, wenn er seine Region verließ, eine gewisse Nervosität, wie früher, wenn er sein Stadtviertel verließ.

In Miami war er nicht mehr der Boss. Auf der Straße, in den Bars kannte ihn niemand. Die Leute, die er treffen würde, lebten auf einer Ebene, die von der seinen verschieden war. Sie waren mächtiger als er. Er war von ihnen abhängig.

Schon mehrmals war er unter ähnlichen Umständen dortgewesen. Die großen Bosse kamen fast alle einige Wochen jährlich nach Miami oder Palm Beach. Sie hegten Verachtung für die Westküste, und wenn sie mit ihm sprechen mußten, ließen sie ihn zu sich kommen.

Immer bereitete er sich auf diese Verabredungen so vor, wie er es jetzt machte; er überlegte nicht, was er ihnen sagen sollte, sondern flößte sich Selbstvertrauen ein. Das war die Hauptsache. Er brauchte das Gefühl, daß er im Recht war.

Und er war immer in seinem Leben im Recht gewesen. Auch als einige seiner Kameraden in Brooklyn sich über ihn lustig gemacht und ihn den »Buchhalter« genannt hatten.

Wie viele von ihnen waren noch am Leben und hätten bestätigen können, daß er den rechten Weg eingeschlagen hatte?

Allerdings würden sie das wahrscheinlich nicht zugeben. Selbst Gino gab es nicht zu. Eddie hatte immer das Gefühl, daß ihn sein Bruder nicht mit Neid betrachtete, sondern mit einer gewissen Geringschätzung.

Aber Gino war es, die anderen waren es, die sich irrten.

Wenn er diese Überzeugung erlangt hatte, fühlte er sich stark und konnte der bevorstehenden Unterredung mit Phil und Sid Kubik ruhig ins Auge sehen.

Trotz des Gehabes von Boston Phil war es nicht seine Meinung, die zählte, sondern die von Kubik. Und der kannte ihn.

Eddie hatte immer eine gerade Linie verfolgt.

Damals, als er die Entscheidung über sein Leben fällte, hatten sich ihm viele Wege geboten. Die Organisation war noch nicht das, was sie heute war. Sie existierte sozusagen noch gar nicht. Es wurde noch über die dicken Barone geredet, die sich während der Prohibition breitgemacht hatten. Man verständigte sich zwar untereinander über gewisse Unternehmungen, sie teilten ein Gebiet unter sich auf, versammelten ihre Leute um sich, aber fast immer endete es mit einem Blutbad.

Im übrigen lagen Hunderte von kleinen Bandenchefs auf der Lauer. Einige beherrschten nur ein Viertel oder gar nur zwei bis drei Straßen, einige waren überhaupt nur damit beschäftigt, jemanden zu erpressen.

So war es in Brooklyn und im unteren Manhattan. Schon mit zwanzig Jahren hielten sich Jungens, mit denen Eddie zur Schule gegangen war, für Bosse und versuchten mit der Hilfe von zwei oder drei Kameraden, sich in einer Region durchzusetzen. Sie mußten nicht nur diejenigen ausschalten, die ihnen in die Quere kommen konnten, sie waren auch gezwungen zu töten, um ihr Prestige aufzubauen.

Und sie hatten Prestige. Eine ganze Straße betrachtete sie mit neidvoller Bewunderung, wenn sie elegant gekleidet aus einem Coupé stiegen und in einer Bar oder einem Billardlokal verschwanden.

War es das, was Gino geblendet hatte? Eddie glaubte es offen gestanden nicht einmal. Gino war ein Sonderfall. Er hatte nie geblufft, jemanden hinters Licht geführt oder sich etwas aus der Bewunderung der Mädchen gemacht. Wenn er ein Killer geworden war, so aus Neigung, kaltblütig, als hätte er für etwas Rache zu nehmen oder vielmehr als würde ihm der Druck auf den Abzug seiner auf ein lebendes Ziel gerichteten Automatik geheime Wollust verschaffen.

Einige sagten das ganz geradeheraus. Eddie zog es vor, die Frage nicht weiter zu untersuchen. Gino war sein Bruder. Saß er jetzt wieder in einem Bus und ratterte in Richtung Mississippi oder Kalifornien?

Eddie hatte nie versucht, allein zu arbeiten. Er war auch nie verhaftet worden. Er war einer der wenigen Überlebenden jener Epoche, der nicht im Strafregister stand; in den Polizeiakten waren keine Fingerabdrücke von ihm.

Als er in dem Alter, wo er sich noch nicht rasierte, auf der Straße kleine Wetten annahm, war es für einen Buchmacher am Ort, der ihm keinen Anteil gab, ihm aber am Tagesende, wenn er einigermaßen etwas zusammengebracht hatte, zwei bis drei Dollar für seine Anstrengungen abgab.

Er war ein guter Schüler gewesen. Als einziger der drei Brüder Rico war er bis zu seinem fünfzehnten Lebensjahr zur Schule gegangen.

Eines Tages wurde hinter einem Friseursalon ein großes Wettbüro aufgemacht, und hier verdiente er seine ersten Sporen. An der Wand hing eine schwarze Tafel, auf der die Namen der Pferde und ihre Startnummern standen. Es gab ein Dutzend Telefonapparate, ebensoviel und mehr Angestellte und Bänke für die Spieler, die auf die Ergebnisse warteten. Der Chef hieß Faléra, aber jeder wußte, daß er nicht auf eigene Rechnung arbeitete, daß eine höhergestellte Person hinter ihm stand.

War es heute immer noch so?

Denn über Phil, über Sid Kubik, selbst über einem Mann wie Old Mossie, der mehrere Kasinos besaß und in Reno für etliche Millionen einen Nightclub gebaut hatte, gab es eine höhere Instanz, über die Eddie kaum etwas wußte.

So wie die kleinen Pächter von Santa Clara und von

zwei weiteren Bezirken, die er leitete, nicht wußten, wer hinter ihm stand.

Es hieß »die Organisation«. Einige stellten Vermutungen an, versuchten etwas herauszukriegen, quatschten zu viel. Andere hielten sich für stark genug, um ohne Protektion auszukommen, meinten, sie könnten ihre eigenen Vorgesetzten sein, und das gelang ihnen selten. Rico kannte wirklich keinen einzigen, der es geschafft hatte. Alle nacheinander, die Nitti, die Caracciolo (die ja doch »Lucky« genannt wurden), die Dillon, die Landi und noch Dutzende andere, hatten eines schönen Tages eine Autofahrt gemacht, die auf einem abgelegenen Gelände endete, oder sie brachen, wie kürzlich Carmine, nach einem guten Essen von Kugeln durchsiebt zusammen.

Eddie hatte sich immer an die Regeln gehalten. Sid Kubik wußte das. Er kannte seine Mutter. Und die anderen, die über ihm standen, wußten es sicher auch.

Jahrelang hatten sie ihn, Eddie Rico, überallhin geschickt, wo eine neue Agentur aufmachte. Er war geradezu ein Experte auf diesem Gebiet geworden. Er hatte in Chikago, in Louisiana, gearbeitet und wochenlang mitgeholfen, die Angelegenheiten in Saint-Louis zu regeln.

Er war ruhig und zuverlässig. Nie hatte er über seinen Anteil hinaus etwas verlangt.

Er konnte auf ein paar Dollars genau den Gewinn eines beliebigen Spielautomaten ausrechnen, die Einnahme einer Partie Roulette oder *crap game*, und die Lotterien bargen für ihn keinerlei Geheimnisse.

Es hieß von ihm: »Der Mann kann rechnen!«

Auch zu Anfang seiner Ehe war er noch umherge-
reist. Erst nach der Geburt seiner ersten Tochter hatte
er um einen festen Posten gebeten. Ein anderer hätte
ihn gefordert, denn er hatte ihn wohl verdient. Er
nicht. Er hatte nur einen allerdings genau formulierten
Vorschlag gemacht.

Seit langem war es sein Ehrgeiz gewesen, eine eigene Region zu haben, und er kannte die Karte der
Vereinigten Staaten wie seine Westentasche. Alle guten Plätze waren offenbar bereits vergeben. Miami
und die Ostküste von Florida mit ihren Kasinos, den
großen Luxushotels, der Gesellschaft der oberen
Zehntausend aus aller Welt, von der es jeden Winter
überflutet wurde, bildeten einen der größten Brok-
ken, so groß, daß sich vier oder fünf Leute in ihn
teilten, und Boston Phil mußte oft hinfahren, um sie
wieder miteinander in Einklang zu bringen und nach
dem Rechten zu sehen.

An der Westküste aber saß niemand. Niemand interessierte sich dafür. Die Städtchen, die alle zwanzig oder
dreißig Meilen am Strand und an der Lagune lagen,
wurden von ruhigen Leuten aufgesucht, von höheren
Offizieren im Ruhestand, hohen Beamten, Industriel-
len aus allen Teilen der Welt, die Schutz vor der
Winterkälte suchten oder sich endgültig zurückziehen
wollten.

»Selbstverständlich, Kleiner!« hatte Sid Kubik zu
ihm gesagt. Er war ein kräftig gebauter Mann geworden und trug einen wie aus Marmor gehauenen Kopf
auf den breiten Schultern.

Wer, wenn nicht Eddie, hatte aus der Golfküste das

gemacht, was sie geworden war? Die Bosse wußten das. Sie wußten ja, wieviel sie jährlich einsteckten.

Und in nun fast zehn Jahren hatte es nicht einen einzigen Schuß, nicht eine einzige Pressekampagne gegeben.

Es war Eddies Idee gewesen, das Obst- und Gemüsegeschäft, das zu jener Zeit keine Gewinne abwarf, für eine lächerliche Summe als Tarnung zu kaufen.

Jetzt besaß die West Coast Fruit Imporium drei Filialen an drei verschiedenen Plätzen, und Eddie konnte von ihren Reinerträgen leben.

Er hatte nicht sofort bauen lassen, sondern in einem passenden Viertel ein nicht zu luxuriöses Haus gemietet. Er hatte es, anders als andere, weder mit dem Sheriff noch mit dem Polizeichef zu eilig gehabt.

Er hatte gewartet, bis er den Ruf eines ehrbaren Geschäftsmannes, eines guten Familienvaters und eines besonnenen Mannes erworben hatte, der jeden Sonntag in die Kirche ging und großzügig für Wohltätigkeitszwecke spendete.

Erst dann war er zum Sheriff gegangen. Er hatte sich so vorbereitet, wie jetzt im Flugzeug auf seine Verabredung in Miami. Er sprach sehr vernünftig.

»In diesem Distrikt gibt es acht Lokale, wo gespielt wird, ein Dutzend, wo Wetten angenommen werden, und, überall verstreut, mindestens dreihundert Spielautomaten, mit denen in den Saloons der beiden Country Clubs.«

Das stimmte. Und all das befand sich in den Händen von kleinen Gaunern, von denen jeder auf eigene Faust arbeitete.

»Hin und wieder beschwert sich eine Liga, sie sprechen von Sittenverderbnis, Prostitution usw., Sie verhaften ein paar Leute; die werden dann verurteilt oder auch nicht. Nachher machen sie wieder weiter, oder andere treten bald an ihre Stelle. Sie wissen, daß das nicht einzudämmen ist.«

Man solle ihm freie Hand lassen, und die Anzahl der Lokale würde begrenzt bleiben, es würde eine Kontrolle geben und auf Disziplin geachtet werden. So würden sich auch Gelegenheitsspieler nicht mehr beklagen, sie seien mit Falschspielen ausgeraubt worden. Es wären keine minderjährigen Mädchen mehr auf den Straßen oder in den Bars zu sehen. Kurz, es gäbe keine Skandale mehr.

Von Vergütung brauchte er schon gar nicht mehr zu reden. Der Sheriff hatte begriffen. Seine Rechtsprechung erstreckte sich nicht auf die Stadt selbst, aber ein paar Wochen später nahm der Polizeichef mit Eddie Kontakt auf.

Bei den Pächtern war er noch überzeugender aufgetreten, und auch härter. Die kannte er.

»Im Augenblick machst du soundsoviel Dollar pro Woche, aber von dieser Summe mußt du Unkosten abziehen. Ständig kommen Polizei oder Politiker und knöpfen dir Geld ab, und trotzdem kann es vorkommen, daß man deinen Laden dichtmacht und du vor Gericht gestellt wirst.

Wenn du mit der Organisation arbeitest, verdoppelst du deinen Umsatz, weil es keine unvorhersehbaren Vorfälle und keinen Ärger mehr gibt und du fast ungehindert arbeiten kannst. Das Ganze ist ein für allemal geregelt. Du profitierst also immer noch dabei, wenn du fünfzig Prozent an uns abgibst.

Wenn du nicht spurst, kenne ich ein paar etwas rauhe Burschen, die im Land herumreisen und sich ein wenig mit dir unterhalten werden.«

Das waren die Momente, in denen er sich am wohlsten fühlte. Er war selbstsicher. Kaum daß ihm zu Anfang, wenn das Gespräch noch nicht seinen sicheren Gang hatte, unmerklich die Oberlippe zitterte.

Er war nie bewaffnet. Die einzige Automatik, die er besaß, lag in der Schublade in seinem Nachttisch. Sich schlagen mochte er nicht, dazu hatte er viel zuviel Abneigung gegen Schlägereien und Blut. Nur einmal in seinem Leben hatte er sich geschlagen, mit sechzehn, und es war ihm vom Nasenbluten schlecht geworden.

»Denk mal drüber nach. Ich will dich nicht drängen. Morgen komme ich wieder.«

Seitdem war ein neuer Sheriff im Amt, Bill Garret, aber mit dem lief es ebenso glatt, und auch mit Craig, dem Polizeichef.

Die Journalisten hatten ebenfalls begriffen und fanden ihren Vorteil, meistens nicht in Bargeld, aber in Diners, Cocktails, hübschen Mädchen.

Eddie wußte, was Gino über ihn dachte. Er war jedoch um nichts weniger überzeugt, daß er im Recht war. Er besaß eins der schönsten Häuser von Siesta Beach. Er hatte eine Frau, die er jedermann vorstellen konnte, ohne fürchten zu müssen, daß sie sich unmöglich machte. Seine beiden älteren Töchter besuchten die beste Privatschule. Für die meisten Einwohner von Santa Clara und Umgebung war er ein wohlhabender

Geschäftsmann, der seinem Namen immer Ehre gemacht hatte.

Vor drei Monaten hatte er etwas gewagt, das ihm hätte gefährlich werden können. Er hatte dem Siesta Beach Country Club, einem sehr exklusiven Club ganz in seiner Nähe, seine Mitgliedschaft angetragen. Acht Tage lang hatte ihn das so nervös gemacht, daß er sich beinahe die Fingernägel abgekaut hätte. Als er schließlich den Anruf bekam, der ihm mitteilte, daß er aufgenommen sei, waren ihm Tränen in die Augen gestiegen, er hatte Alice lang in den Armen gehalten, ohne ein Wort hervorzubringen.

Er mochte Phil nicht. Der hatte nie in Brooklyn gewohnt und war mit anderen Mitteln hochgekommen als er. Er wußte übrigens nicht mit welchen, und den Gerüchten schenkte er keinen Glauben.

Jedenfalls war Sid Kubik da. Der wußte, was er wert war, und war ehemals von seinen Eltern gerettet worden.

Er stand auf, nahm seinen Koffer aus dem Gepäcknetz und ging hinter den anderen her die Treppe hinunter. Auf einmal umhüllte ihn schwüle Hitze. Er suchte ein Taxi. Er mochte die alten Taxis mit den tiefen gepolsterten Bänken nicht und legte Wert darauf, daß sich der Chauffeur ordentlich benahm.

»Zum Excelsior.«

Miami blendete ihn nicht. Es war eine große Stadt von aufreizendem Luxus. Die langen, palmengesäumten Straßen, wo die größten Firmen der Fifth Avenue ihre Filialen hatten, waren wahrhaft prächtig. Die stattlichen weißen oder rosa Villen, deren Gärten zur

Lagune hin lagen, hatten fast alle eine Yacht mit einem privaten Ankerplatz, und es gab unzählige Motorboote und Wasserflugzeuge.

In New York und Brooklyn wurde behauptet, daß eines der riesigen Häuser das ganze Jahr von einem der obersten Bosse bewohnt wurde, der sein Schlafzimmer gegen Kugeln abgesichert hatte und dauernd von einem halben Dutzend Leibwächtern umgeben war.

All das interessierte Eddie nicht, es hatte mit ihm nichts zu tun. Und das war seine Stärke, daß es ihn nicht zu kümmern brauchte.

Er hatte seinen Platz, er beneidete niemanden und versuchte nicht, jemanden zu verdrängen. Er hatte also nichts zu befürchten.

Das Excelsior hatte siebenundzwanzig Stockwerke, ein großes Schwimmbassin am Meer, außerordentlich elegante Geschäfte in der Halle, und allein die Livreen des Personals mußten ein Vermögen gekostet haben.

»Mister Kubik, bitte.«

Höflich. Selbstsicher. Er wartete. Der Angestellte telefonierte.

»Mister Kubik bittet Sie, zu warten. Er ist in einer Besprechung.«

Phil hätte das absichtlich getan, um ihn zu verunsichern oder um seine Bedeutung herauszustreichen. Nicht so Sid Kubik. Es war normal, daß er beschäftigt war, daß er eine Besprechung hatte. Seine Geschäfte waren weiter gestreut als die des größten New Yorker Kaufhauses, vielleicht sogar weiter als die

einer Versicherungsgesellschaft. Sie waren auch kom-
plizierter, denn es gab keine Hauptbücher, an die man
sich halten konnte.

Nach einer Viertelstunde bekam er Lust auf etwas zu
trinken. Am Ende der Halle öffnete sich eine Bar, in
beruhigendes Dämmerlicht getaucht wie die meisten
Bars. Manchmal trank er vor einer wichtigen Unterredung einen Whisky, ganz selten auch mal zwei. Wenn
er heute darauf verzichtete, so deshalb, weil er sich
beweisen wollte, daß er keine Angst hatte.

Wovor auch hätte er Angst haben sollen? Was
konnte man ihm vorwerfen? Kubik würde vermutlich
mit ihm über Tony sprechen. Eddie war weder für die
Heirat seines jüngsten Bruders noch für dessen neuerli-
ches Verhalten verantwortlich.

Neben ihm fuhr unaufhörlich ein Aufzug auf und ab,
und jedesmal wenn Leute herauskamen, fragte er sich,
ob es die waren, mit denen der Boss die Besprechung
gehabt hatte.

»Mister Rico?«

»Ja.«

Er spürte einen kleinen Stich in der Brust.

»Nummer 1262. Sie werden erwartet.«

Der Aufzug setzte sich geräuschlos in Bewegung.
Die Gänge waren hell erleuchtet und mit einem dicken
blaßgrünen Läufer in der Mitte. Die Zimmernummern
standen in Kupferbuchstaben auf den Türen.

Nummer 1262 öffnete sich, ohne daß er hätte zu
klopfen brauchen, und Phil reichte ihm schweigend die
Hand, eine unpersönliche und schlaffe Hand. Er war
groß, hatte nur noch spärliches Haar, und seine etwas

formlose Gestalt steckte in einem Anzug aus cremefarbener Shantungseide.

Die Jalousien an den Fenstern, die sicher zum Meer hinausgingen, waren fast ganz geschlossen.

»Und Kubik?« fragte Eddie und sah sich in dem großen, leeren Salon um.

Phil deutete mit dem Kinn auf eine halboffene Tür. Es hatte tatsächlich eine Besprechung stattgefunden: Gläser standen auf den Tischchen, vier oder fünf Zigarren lagen angeraucht in den Aschenbechern.

Kubik kam mit nacktem Oberkörper und einem Frottiertuch in der Hand aus dem Nebenzimmer. Er verbreitete einen starken Duft nach Kölnisch Wasser.

»Setz dich, Kleiner.«

Seine Brust war mächtig behaart. Seine Arme waren so muskulös wie die eines Boxers, sein ganzer Körper, vor allem sein Kinn, waren hart wie Stein.

»Servier ihm einen *highball*, Phil.«

Eddie widersetzte sich nicht, er hielt es für unangebracht abzulehnen.

»Ich komme gleich.«

Sid verschwand wieder und kam nach einer Weile zurück, wobei er sich einen Hemdzipfel in die Leinenhose stopfte.

»Hast du Nachricht von deinem Bruder?«

Eddie überlegte, ob sie vielleicht schon wußten, daß Gino nicht direkt nach Kalifornien gefahren war. Es war gefährlich zu lügen.

»Tony?« fragte er vorsichtshalber, während Phil Eis in ein Glas tat.

»Hat er dir geschrieben?«

»Nicht er. Meine Mutter. Heute morgen habe ich ihren Brief bekommen.«

»Was sagt sie? Ich mag deine Mutter, sie ist eine tapfere Frau. Wie geht es ihr?«

»Gut.«

»Hat sie Tony gesehen?«

»Nein. Sie hat geschrieben, daß er verheiratet ist, aber sie weiß nicht, mit wem.«

»Hat er sie in letzter Zeit nicht besucht?«

»Gerade darüber beklagt sie sich.«

Kubik hatte sich in einen Sessel fallen lassen und die Beine ausgestreckt. Er griff nach einer Zigarrenschachtel, und Phil entzündete ein goldenes Feuerzeug mit seinen Initialen.

»Ist das alles, was du von Tony weißt?«

Es war besser, mit offenen Karten zu spielen. Sid Kubik schien ihn nicht zu beobachten, aber Eddie konnte durchaus die flüchtigen Blicke spüren, die schnell und scharf über ihn wegglitten.

»Meine Mutter berichtet, daß sie etliche Leute, die sie nicht kennt, über Tony ausgefragt haben, und sie fragt sich warum. Sie scheint beunruhigt.«

»Glaubt sie, es ist die Polizei?«

Er sah Kubik gerade ins Gesicht und antwortete rundheraus: »Nein.«

»Weißt du, wo Gino ist?«

»In demselben Brief von meiner Mutter steht, daß er nach Kalifornien geschickt worden ist.«

»Hast du den Brief bei dir?«

»Ich habe ihn verbrannt. Ich verbrenne die Briefe immer, wenn ich sie gelesen habe.«

Das stimmte. Er brauchte nicht zu lügen. Er richtete es immer so ein, daß er möglichst nicht zu lügen brauchte, vor allem nicht bei Kubik. Phil, groß, schlank und geschmeidig, schlich mit einem zufriedenen Lächeln um sie herum, das Eddie nicht mochte. Es sah so aus, als erwarte er das Kommende mit Ungeduld.

»Wir wissen auch nicht, wo Tony ist, und das ist schlimm«, sagte Kubik und betrachtete seine Zigarre, »ich hatte gehofft, er hätte dir geschrieben. Es ist ja bekannt, daß ihr drei in enger Verbindung steht.«

»Ich habe Tony schon zwei Jahre nicht mehr gesehen.«

»Er hätte dir ja schreiben können. Bedauerlich, daß er es nicht getan hat.«

Phil war zufrieden, das konnte man spüren. Er war kein Italiener. Er hatte eine dunkelbraune Hautfarbe und wahrscheinlich spanisches Blut in den Adern. Angeblich war er auf einer höheren Schule gewesen. Eddie hatte den Verdacht, daß er denen, die in den von Menschen wimmelnden Straßen von Brooklyn angefangen hatten, eine gewisse Verachtung, vielleicht sogar etwas wie Haß entgegenbrachte.

»Das letzte Mal hat dein Bruder Tony vor sechs Monaten für uns gearbeitet.«

Eddie äußerte sich nicht dazu. Es durfte nicht so aussehen, als wüßte er etwas.

»Seitdem hat ihn niemand mehr gesehen. Er hat dir nicht mal zu Weihnachten oder Neujahr geschrieben?«

»Nein.«

Auch das stimmte. Eddie lächelte unwillkürlich,

denn diese Fragen hätte auch er gestellt. Er hatte Kubiks Verhalten nie bewußt imitiert, und schon gar nicht das von Phil, aber dort, wo er der Chef war, in seinem Gebiet, betrug er sich instinktiv merklich so wie sie.

Er rührte sein Glas, in dem das Eis schmolz, nicht an. Auch die beiden anderen tranken nicht. Das Telefon läutete. Phil hob ab.

»Hallo! . . . Ja . . . Nicht vor einer halben Stunde . . . Er ist in einer Besprechung.«

Er legte den Hörer wieder auf und sagte halblaut zu Sid:

»Es ist Bob.«

»Soll warten.«

Er sank noch tiefer in seinen Sessel, immer noch mit seiner Zigarre beschäftigt, deren Asche silberweiß leuchtete.

»Das Mädchen, das dein Bruder geheiratet hat, heißt Nora Malaks. Sie hat in einem Büro in der 48. Straße in New York gearbeitet. Sie ist zweiundzwanzig Jahre alt, und sie soll sehr schön sein. Tony hat sie in Atlantic City während der letzten Ferien kennengelernt.«

Er wartete eine Weile, während Phil durch die dünne Ritze der Jalousien spähte.

»Vor drei Monaten wurde im New Yorker Rathaus auf den Namen von Tony und seinem Mädchen eine Heiratserlaubnis ausgestellt. Niemand weiß, wo sie geheiratet haben. Es kann überall gewesen sein, in einer Vorstadt oder auf dem Land.«

Kubik hatte einen leichten Akzent beibehalten, seine Stimme klang rauh.

»Ich habe früher Leute gekannt, die Malaks hießen, aber um die geht es nicht. Der Vater ist Farmer in einem kleinen Dorf in Pennsylvania. Außer Nora hat er mindestens noch einen Sohn.«

Eddie hatte das unangenehme Gefühl, daß die Dinge bisher zu glatt gelaufen waren. Das ruhige Lächeln von Phil verhieß nichts Gutes. Phil würde nicht so lächeln, wenn die Unterredung in diesem Ton weitergehen sollte.

»Versteh mich recht, Kleiner. Der Bruder heißt Pieter, Pieter Malaks. Er ist ein junger Mann von sechsundzwanzig Jahren und arbeitet seit fünf Jahren in den Büros der General Electric in New York.«

Instinktiv sprach er diesen Namen ehrfurchtsvoll aus. General Electric war ein riesiger Betrieb, größer als die Organisation.

»Trotz seines Alters ist der junge Malaks bereits Abteilungsleiter. Er ist nicht verheiratet, lebt in einer bescheidenen Wohnung in Bronx und verbringt seine Abende damit zu arbeiten.«

Eddie war überzeugt, daß diese letzte Bemerkung absichtlich gemacht worden war, daß Sid ihn mit Nachdruck ansah.

»Er ist ehrgeizig, verstehst du? Er hat die Absicht, die Stufenleiter weiter hinaufzuklettern, und wahrscheinlich sieht er sich schon als leitendes Mitglied der Gesellschaft.«

Wollte man ihm zu verstehen geben, daß Pieter Malaks ein Typ war wie er? Das entsprach nicht der Wahrheit. Phil brauchte nicht eine Miene aufzusetzen, als sei ihm alles klar. Er hatte nie so weit nach oben geschielt. Sein Bezirk in Florida genügte ihm, und er hatte nichts getan, um sich den oberen Positionen zu nähern. Wußte Sid Kubik das nicht?

»Zeig ihm das Foto, Phil.«

Phil holte das Foto aus einer Schublade und gab es Eddie. Es war ein vergrößerter Schnappschuß, auf der Straße aufgenommen, wahrscheinlich mit einer Leica. Das Foto war aus jüngster Zeit, denn der junge Mann trug einen Baumwollanzug und einen Strohhut.

Er war sehr groß, eher mager und schien blond zu sein, mit heller Hautfarbe. Er ging mit weit ausholenden, entschlossenen Schritten und sah geradeaus vor sich hin.

»Erkennst du das Gebäude?«

Es war nur ein Stück Mauer und die Stufen einer Freitreppe.

»Das Polizeipräsidium?« fragte er.

»Genau. Ich sehe, du hast New York nicht vergessen. Das Foto wurde beim zweiten Besuch aufgenommen, den dieser Herr hier genau vor einem Monat dem Polizeipräsidenten abgestattet hat. Seitdem ist er nicht mehr dort gewesen, aber ein Inspektor hat sich mehrmals in seine Wohnung begeben. Zu geheimen Besprechungen.«

Kubik hatte die letzten beiden Worte mit einem gewissen Pathos ausgesprochen und brach in lautes Gelächter aus.

»Nur haben wir ebenfalls unsere Informanten. Der junge Malaks hat ihnen erzählt, wahrscheinlich mit der Miene des großen Biedermannes, daß sein armes

Schwesterchen einem Gangster in die Hände gefallen ist und ihn trotz aller seiner Einwände geheiratet hat. Verstehst du allmählich?«

Eddie war verlegen. Er nickte.

»Das ist noch nicht alles. Erinnerst du dich an die Affäre Carmine?«

»Ich habe die Berichte in den Zeitungen gelesen.«

»Mehr weißt du nicht darüber?«

»Nein.«

Diesmal mußte er wohl oder übel lügen.

»Es gab eine weitere Affäre, fast sofort danach: Ein Typ, der zuviel geredet hat, mußte daran gehindert werden, seine Geschichte vor dem Gericht zu wiederholen.«

Die beiden Männer sahen ihn an. Er erwiderte nichts.

»Bei der letzten Affäre ist Tony am Steuer gesessen.«

Er zwang sich beinahe qualvoll, keine Gefühlsreaktion, keine Überraschung zu zeigen.

»Bei der ersten, der Affäre Carmine, hat dein anderer Bruder, Gino, seine übliche Rolle gespielt.«

Kubik ließ die Asche seiner Zigarre auf den Teppich fallen. Phil, der sich hinter seinem Sessel aufgepflanzt hatte, sah Eddie voll ins Gesicht.

»All das hat der junge Malaks der Polizei erzählt. Tony ist wohl derart verliebt, daß er seiner Frau nichts von seiner Vergangenheit verbergen wollte.«

»Und sie hat es ihrem Bruder weitererzählt . . .«

»Das ist noch nicht alles.«

Das Folgende war viel schlimmer, unendlich viel schlimmer als alles, was Eddie vorausgeahnt hatte. Er

72

war bedrückt und vermied es, Phil anzusehen, der weiterhin sein tückisches Lächeln aufsetzte.

»Laut Pieter Malaks, dem tugendhaften Bürger, der der Justiz dabei helfen will, die Vereinigten Staaten von Gangstern zu befreien, und dem das auch ganz schön viel Publizität einbringen kann, will dein Bruder Tony seiner Vergangenheit abschwören und soll unter Gewissensbissen leiden. Du kennst Tony besser als ich.«

»Das sieht ihm nicht ähnlich.«

Er hätte gern heftiger protestiert, an die Vergangenheit der Rico erinnert, aber er war so getroffen, daß ihm Stimme und Kraft versagten; er hätte weinen mögen.

»Malaks hat sich vielleicht wichtig gemacht. Mag sein. Jedenfalls hat er bei der Polizei behauptet, er sei sicher, daß sein Schwager Tony, wenn er auf entsprechende Art verhört würde, wenn er eine Chance bekäme, den Kopf aus der Schlinge zu ziehen, wenn man nicht allzu brutal mit ihm umspringen würde, daß er dann auspacken würde.«

»Das ist nicht wahr!«

Beinahe wäre er von seinem Sessel aufgesprungen. Phils Blick hielt ihn zurück. Und auch die Tatsache, daß er tief im Innern nicht hinreichend überzeugt war.

»Ich behaupte nicht, daß es stimmt. Aber es ist wahrscheinlich. Wir wissen nicht, wie Tony reagiert, wenn er verhaftet und ihm ein annehmbares Angebot gemacht wird. Es hat schon andere gegeben. Im allgemeinen haben wir ihnen keine Chance gelassen, der Versuchung zu erliegen. Es hätte zum Beispiel auch

Carmine passieren können. Dein Bruder Gino hat das in Ordnung gebracht. Er war nicht allein an diesem Abend. Eine hochgestellte Persönlichkeit hat ihn im Wagen begleitet.«

Vince Vettori. Das wußte Eddie. Aber sie sollten ja glauben, er hätte keine Ahnung. Wenn Vettori auch nicht an der Spitze der Pyramide saß, so zählte er doch fast ebensoviel wie Kubik.

Und diese Leute durften nicht gefaßt werden. Das war zu gefährlich. Die ganze Kette konnte auffliegen.

»Du kennst Vince?«

»Ich hab ihn einmal getroffen.«

»Er war auch dabei, als der Augenzeuge beseitigt wurde.«

Es trat ein noch beklemmenderes Schweigen ein als während der ganzen Zeit vorher. Phil zündete sich eine Zigarette an und rieb sein Feuerzeug zwischen den Fingern.

»Du gibst doch zu, daß Tony unter keinen Umständen reden darf, nicht?«

»Er wird nicht reden.«

»Um dessen sicher zu sein, müssen wir ihn erst mal finden.«

»Das ist nicht unmöglich.«

»Dir vielleicht nicht. Mir geht der Gedanke durch den Kopf, daß der alte Malaks auf seiner Farm schon lange Bescheid weiß. Das Liebespaar hat ihn besucht. Wenn wir ihn ausfragen, wird er mißtrauisch. Aber du bist Tonys Bruder.«

Auf Eddies Stirn hatten sich kleine Schweißperlen gebildet. Er fingerte automatisch an seinem Schönheitsmal herum, bis es schließlich wieder zu bluten anfing.

»Also hör zu, Kleiner. Dein Vater hat mir, ohne es zu wollen, das Leben gerettet. Deine Mutter auch, und sie wußte es. Seit über dreißig Jahren leistet sie uns nun schon Dienste. Gino ist in Ordnung. Auch du hast immer gute Arbeit geleistet. Und über Tony konnte sich bisher niemand beklagen. Er darf nur nicht reden, das ist alles. Ich bin gerade kurz in Miami und habe dich herkommen lassen, weil ich denke, daß du uns wieder mal am ehesten aus der Klemme helfen kannst. Ich habe mich doch nicht geirrt?«

Eddie hob den Blick und sagte fast unwillkürlich:

»Nein.«

»Ich bin überzeugt, daß du ihn findest. Sicher hat man Tony schon den FBI auf die Fersen gesetzt, und die Vereinigten Staaten sind nicht groß genug für ihn. Ich möchte ihn nicht einmal in Kanada oder Mexiko wissen. Wenn ich aber zum Beispiel wüßte, daß er in Europa ist, wäre ich, glaube ich, schon ruhiger. Gibt es noch Ricos in Sizilien?«

»Unser Vater hatte acht Brüder und Schwestern.«

»Es wäre eine Gelegenheit für Tony, seine Familie aufzusuchen. Wenn er will, kann er ihr ja seine Frau vorstellen.«

»Ja.«

»Es geht darum, ihn zu überzeugen, ihm das Ganze richtig beizubringen.«

»Ja.«

»Es eilt.«

»Ja.«

»An deiner Stelle würde ich beim alten Malaks anfangen.«

Noch einmal sagte er ja, während Sid Kubik sich seufzend erhob, seine Zigarre in einem Aschenbecher ausdrückte und Phil zur Tür ging.

»Sonst läuft alles gut in Santa Clara?«

»Ja, sehr gut.«

»Eine gute Ecke, hm?«

»Ja.«

»Wäre schade, das aufgeben zu müssen.«

Wenn Phil nur nicht immer noch gelächelt hätte.

»Ich tue, was ich kann.«

»Das wäre nicht zuviel.«

Der Kopf drehte sich ihm, und dabei hatte er den Whisky nicht angerührt.

»Wenn ich du wäre, würde ich direkt nach Pennsylvania fahren, ohne vorher nochmal nach Santa Clara zu fahren.«

»Ja.«

»Übrigens, was macht Joe?«

»Er arbeitet im Geschäft.«

»Paßt jemand auf ihn auf?«

»Ich habe Angelo Anweisungen gegeben.«

Kubik reichte Eddie im Stehen seine dicke Pranke und drückte seine Hand so fest, daß sie ganz weiß war, als Eddie sie zurückzog.

»Tony darf keinesfalls Gelegenheit haben zu reden, ist das klar?«

»Ja.«

Er vergaß, sich von Phil zu verabschieden. Zwei Frauen in Shorts warteten vor dem Aufzug, aber er nahm sie nur als helle Flecken wahr. Die frische Luft in der Halle verursachte ihm Schwindel, und er setzte sich neben einer Säule hin.

4

Der Garagenbesitzer, der ihm in Harrisburg das Auto vermietete, erklärte ihm auf der Karte, die in seinem Büro mit Reißnägeln angeheftet war, die Strecke. Donner grollte, aber es regnete noch nicht. Er mußte die *turnpike* bis nach Carlisle nehmen, dann rechts auf die 274 und dann links auf der 850 bis zu einem kleinen Ort namens Drumgold, wobei er aufpassen mußte, daß er nicht bis Alinda weiterfuhr. Da würde er ein großes Ziegelgebäude mit einem hohen Schornstein entdecken, eine alte Zuckerfabrik; danach zweigte der Weg ab.

Sein Gedächtnis hatte all das automatisch registriert, wie in der Schule, mit der Anzahl von Meilen zwischen den einzelnen Punkten. Es hatte zu regnen begonnen, als er noch zwischen den weißen Autobahnstreifen dahinrollte. Es hatte nicht mit ein paar Tropfen angefangen und war dann stärker geworden, sondern innerhalb von zwei Sekunden war ein Regenguß losgebrochen, gegen den die Scheibenwischer fast machtlos waren, und die Wasserschicht auf der Windschutzscheibe war so dicht, daß die Landschaft verzerrt aussah.

Er hatte schlecht geschlafen. Am Tag zuvor hatte er, als er in Washington aus dem Flugzeug gestiegen war, erfahren, daß eine Stunde später ein Flugzeug nach Harrisburg abging, und er hatte beschlossen, es zu nehmen, ohne telefonisch ein Zimmer zu bestellen. Schon während der Reise war er nervös gewesen. Bei der Zwischenlandung in Jacksonville sahen sie am Ende des Geländes ein Flugzeug, ähnlich wie das ihre, das eine Stunde zuvor in Flammen aufgegangen war und noch rauchte.

Die zwei oder drei guten Hotels in Harrisburg hatten kein freies Zimmer; irgendein Fest wurde gefeiert, wahrscheinlich ein Jahrmarkt, denn über die Straßen waren Spruchbänder gespannt, irgendwo stand ein Triumphbogen, und noch nach Mitternacht zogen Musikkapellen durch die Straßen.

Das Taxi hatte ihn schließlich vor einem recht zweifelhaften Hotel abgesetzt. Das Email der Badewanne war mit gelben Streifen beschmutzt, und neben dem Bett fand er eine Bibel und ein Radio, das funktionierte, wenn man ein 25-Cent-Stück in einen Spalt warf.

Die ganze Nacht hindurch polterte nebenan ein betrunkenes Paar, dem der Zimmerkellner eine Flasche Whisky gebracht hatte, und vergeblich klopfte Eddie mehrmals gegen die Wand.

Gewiß, als er jung war, hatte er Schlimmeres gekannt. In dem Haus, in dem er als Kind gelebt hatte, gab es kein Badezimmer; man wusch sich einmal in der Woche, am Samstag, in der Küche. Vielleicht hatte er sich deswegen so abgerackert: Eines Tages wollte er ein richtiges Badezimmer besitzen. Ein Badezimmer, und jeden Tag die Wäsche wechseln!

Carlisle hatte er verpaßt. An der Straße standen Schilder, aber die Autos fuhren zu schnell, die Reifen machten auf der nassen Straße einen ohrenbetäubenden

Lärm, man mußte in der Spur bleiben und hatte keine Zeit, durch die Wassermassen hindurch die Aufschriften zu entziffern.

Als er von der *turnpike* herunterkam, war er über die 274 hinausgefahren, und er mußte einen weiten Umweg machen, über Land, durch trostlose Vororte, bis er sie wiederfand. Als hätte sich das Schicksal gegen ihn verschworen, war die Straße nach zwei Meilen gesperrt; wieder ein Schild, mit einem meterlangen Pfeil, das anzeigte: Umleitung.

Er fuhr auf gut Glück weiter, nach vorn gebeugt, um in dem Unwetter irgend etwas zu erkennen. Von einem Feldweg kam er auf eine Teerstraße, die ihm ein wenig Hoffnung machte, hinter einem Weiler aber wieder zu einem einfachen Feldweg wurde.

Jetzt war er in den Bergen. Die Bäume standen schwarz, manchmal kam eine Farm, Felder, ein paar Kühe standen starr und unbeweglich da und glotzten ihn furchtsam an, als er vorbeifuhr.

Ganz offensichtlich hatte er sich verfahren. Nirgendwo eine Spur von Drumgold, das er schon lange hätte passieren müssen, und kein einziger Wegweiser mehr. Um nach dem Weg zu fragen, hätte er vor einem Bauernhof halten, aussteigen und sich durchnässen lassen müssen, und wenn er an die Tür klopfte, konnte er nicht einmal sicher sein, daß er jemanden antraf; die Welt war wie ausgestorben.

Schließlich entdeckte er doch eine Tankstelle. Nachdem er ein dutzendmal gehupt hatte, kam ein großer rothaariger Kerl aus der Tür mit einer Ölhaut über den Schultern.

»Wo geht es nach White Cloud?«

Der andere kratzte sich am Kopf. Er mußte erst in die Baracke neben der Tankstelle gehen und Auskunft holen. Wieder ging es über Hügel, durch Wälder, auch an einem See vorbei, der ebenso düster wirkte wie der Himmel. Endlich – er war stundenlang gefahren und hatte außer seiner Tasse Kaffee am Morgen nichts zu sich genommen – kam er an einen Hohlweg, zu ein paar Holzhäusern, und auf einem davon, es war dunkelgelb angemalt, stand in schwarzen Buchstaben: Ezechiel Higgins Trade Post.

Das war das Haus, das ihm der Mann von der Garage zu suchen empfohlen hatte. Er war in White Cloud, wo der alte Malaks wohnte.

Eine Veranda nahm die ganze Länge des Gebäudes ein. Links befand sich ein Laden aus der Pionierzeit, in dem es alles mögliche zu kaufen gab: Mehlsäcke, Schaufeln, Spaten, Sattel- und Zaumzeug, Konserven sowie Süßigkeiten und Überziehhosen. Über der mittleren Tür stand »Hotel«, über der rechten »Taverne«.

Das Wasser lief vom Dach der Veranda. Unter ihrem Schutz schaukelte ein Mann in einem Schaukelstuhl, er rauchte eine schwarze Zigarre und schien sich beim Anblick Eddies, der unter dem Regen durchsprang, zu amüsieren.

Erst achtete Eddie nicht auf ihn. Er überlegte, für welche Tür er sich entscheiden sollte, und stieß schließlich die zur Taverne auf. Zwei alte Männer waren darin, sie sagten kein Wort und saßen wie Mumien vor ihrem Glas. Es waren wirklich uralte Männer, wie man sie nur noch in sehr entlegenen Gegenden findet. Einer von ihnen öffnete dennoch nach langem Schweigen den Mund und rief:

»Martha!«

Worauf eine Frau aus der Küche kam und sich an ihrer Schürze die Hände abtrocknete.

»Was gibt's?«

»Bin ich hier in White Cloud?«

»Wo sollten Sie sonst sein?«

»Wohnt hier Hans Malaks?«

»Hier und nicht hier. Seine Farm liegt vier Meilen weit weg, auf der anderen Seite des Berges.«

»Kann ich was zu essen haben?«

Der Mann von der Veranda stand im Türrahmen und blickte ihn ironisch an, als fände er die Szene sehr belustigend, und jetzt runzelte Eddie die Stirn.

Er kannte ihn nicht. Er war ganz sicher, daß er ihm noch nie begegnet war. So sicher, wie er wußte, daß er seine Kindheit in Brooklyn verbracht hatte und daß er sich nicht zufällig hier aufhielt.

»Ich kann Ihnen ein Omelette machen.«

Er war einverstanden. Die Frau verschwand, dann kam sie wieder und fragte ihn, ob er etwas trinken wolle.

»Ein Glas Wasser.«

Es war, als befände er sich am Ende der Welt. Die farbigen Bilder an der Wand waren zwanzig oder dreißig Jahre alt, einige sahen genauso aus wie die, die früher den Laden seines Vaters geziert hatten. Auch der Geruch war fast derselbe, es roch nach Land und nach Regen.

Die beiden Alten saßen da wie erstarrt für alle

Ewigkeit und ließen ihn nicht aus ihren rotumränderten Augen. Der eine hatte einen Ziegenbart.

Eddie setzte sich ans Fenster. Er fühlte sich noch unbehaglicher als in Miami, und er hatte das unangenehme Gefühl, ein Fremder zu sein.

Gestern wäre er beinahe, statt hierherzukommen, direkt nach Brooklyn geflogen, um seine Mutter zu besuchen. Er hätte nicht genau sagen können, warum er es nicht getan hatte. Vielleicht, weil er sich beobachtet fühlte? Im Flugzeug von Miami nach Washington hatte er bereits sämtliche Passagiere einen nach dem anderen beobachtet und sich gefragt, ob nicht einer von ihnen zu seiner Überwachung da sei.

Der Mann hier, der ihn aus dem Auto hatte steigen sehen und der selbstzufrieden lächelte, war sicher von der Organisation. War er vielleicht schon seit mehreren Tagen hier? Vielleicht war er auch schon zum alten Malaks gegangen und hatte versucht, ihm die Würmer aus der Nase zu ziehen.

Auf jeden Fall hatte er auf ihn gewartet. Sie hatten ihn sicher aus Miami angerufen. Er schlich um Rico herum, als wüßte er nicht, ob er ihn ansprechen solle.

»Schönes Wetter, was?«

Eddie antwortete nicht.

»Es ist ziemlich schwierig, die Farm von dem Alten zu finden.«

Machte er sich über ihn lustig? Er trug weder Jacke noch Krawatte, denn trotz des Unwetters war es heiß, eine feuchte Hitze, die auf der Haut klebte.

»Das ist vielleicht ein Typ!«

Er sprach offenbar von Malaks. Eddie zuckte leicht

mit den Schultern. Nachdem er noch zwei bis drei
kleine Sätze ins Blaue geredet hatte, kehrte ihm der
andere den Rücken zu und brummte:

»Wie Sie wollen!«

Eddie aß ohne Appetit. Dann ging die Frau mit ihm
hinaus auf die Veranda, um ihm den Weg zu zeigen.
Vor der Anhöhe kam er an einem kleinen Wasserfall
vorbei, dann mußte er über einen Bach, der die Straße
überflutet hatte. Diesmal verfuhr er sich nicht, er wäre
nur beinahe auf einem Weg steckengeblieben, auf dem
die Traktoren tiefe Radspuren hinterlassen hatten.

Im nächsten Tal entdeckte er mitten in Wiesen und
Maisfeldern eine rotgestrichene Scheune, ein einstöcki-
ges Haus und Gänse, die zornig schnatterten, als er
näher kam.

Jemand beobachtete ihn durch ein Fenster, wie er aus
dem Wagen stieg, und als er näher kam, verschwand
das Gesicht, die Tür öffnete sich, und ein Mann, so
breit und mächtig wie ein Bär, begrüßte ihn.

Diesmal hatte Eddie sich nicht vorbereitet. Das wäre
auch nicht möglich gewesen. Er befand sich nicht auf
seinem Terrain. Der Mann rauchte eine Maispfeife und
betrachtete ihn, wie er den Regen von Hut und Schultern schüttelte.

»Das gießt vielleicht!« bemerkte er mit der Zufrie-
denheit des Bauern.

»Ja, es gießt ganz schön.«

In der Mitte des Zimmers stand ein alter Ofen,
dessen Rohr in einer Mauer endete. Die Decke hing
tief, sie war nicht geweißelt und wurde von dicken
Pfählen gestützt. An der Wand lehnten drei Gewehre,

eines mit doppeltem Lauf. Angenehmer Kuhgeruch hing in der Luft.

»Ich bin Tonys Bruder«, sagte er unvermittelt.

Der andere hatte offenbar nichts dagegen einzuwenden. Wenn es Tonys Bruder war, na gut.

»Und?« schien er zu fragen, als er auf einen Schaukelstuhl zeigte.

Dann holte er von einem Wandbrett eine Flasche mit hellem, sicher selbstgebranntem Schnaps und zwei dicke Gläser ohne Fuß. Er füllte sie mit feierlicher Geste, schob eins seinem Gast zu, ohne etwas zu sagen, und Eddie begriff, daß er gut daran tat, mit ihm anzustoßen.

Neben diesem alten Mann hätte Sid Kubik, der ja doch stark und kräftig wirkte, recht mittelmäßig ausgesehen.

Malaks hatte eine gegerbte, von feinen Runzeln durchzogene Haut, die Muskeln spannten sich unter seinem rotkarierten Hemd, und seine Hände waren riesig und hart wie Werkzeuge.

»Ich habe schon lange nichts mehr von Tony gehört«, sagte Eddie mit unsicherer Stimme.

Der Alte hatte sehr helle blaue Augen und einen gutmütigen Gesichtsausdruck. Er schien in Gottes schöne Welt zu lächeln, in der er sein Plätzchen hatte und in der ihn nichts wundern konnte.

»Ein guter Junge«, sagte er.

»Ja . . . wie man mir gesagt hat, liebt er Ihre Tochter sehr.«

Worauf Malaks antwortete:

»Ganz natürlich in dem Alter.«

»Ich habe mich sehr gefreut, als ich erfuhr, daß sie geheiratet haben.«

Der Bauer hatte sich ihm gegenüber in einen Schaukelstuhl gesetzt und schaukelte in regelmäßigem Rhythmus, die Flasche in Reichweite.

»Damit ist zu rechnen bei einem Mann und einer Frau.«

»Ich weiß nicht, ob er Ihnen von mir erzählt hat.«

»Ein wenig. Ich nehme an, Sie sind der, der in Florida lebt?«

Was hatte ihm Tony gesagt? Hatte er seinem Schwiegervater ebensoviel eröffnet wie seiner Frau, hatte er über die Machenschaften in seiner Familie gesprochen?

Man konnte nicht sagen, daß Malaks mißtrauisch war. Auch das Wort gleichgültig traf nicht auf ihn zu. Natürlich brachte ihn der Besuch des Herrn aus dem Süden nicht aus der Ruhe. Was konnte ihn schon aus der Ruhe bringen? Nichts wahrscheinlich. Er hatte sich sein Leben eingerichtet, er war eins geworden mit den Dingen um sich herum, wie er sie sich zurechtgelegt hatte. Jemand kam zu ihm, und er bot ihm ein Glas von seinem Schnaps an. Es war für ihn eine Gelegenheit, einen Schluck zu trinken, mal wieder ein neues Gesicht zu sehen, ein paar Worte zu wechseln.

Aber er schien das nicht allzu ernst zu nehmen.

»Meine Mutter hat mir geschrieben, daß Tony seine Stellung aufgegeben hat.«

Das war ein Versuch. Er wartete gespannt auf die Reaktion. Wenn Malaks Bescheid wußte, hätte er nicht ironisch gelächelt bei dem Wort »Stellung«?

Er lächelte, ja, aber ohne Ironie. Es war ein Lächeln,

bei dem sich weder die Gesichtsmuskeln noch die Lippen bewegten; es lag nur in den Augen.

»Ich war gerade in der Gegend, und da bin ich bei Ihnen vorbeigekommen.«

Wie um sich dankbar zu erweisen, goß ihm Malaks noch ein Glas von seinem Schnaps ein, der in der Kehle brannte. Das Gespräch war so viel schwieriger als bei einem Sheriff oder irgendeinem Nightclub-Pächter. Vor allem, weil er sich seiner nicht sicher fühlte. Er schämte sich ein bißchen und gab sich Mühe, es nicht merken zu lassen. Er kam sich farblos und weichlich, wie ein Schwächling vor, diesem Koloß gegenüber, der da vor ihm hin und her schaukelte.

Er bekam keine Hilfe. Das war nicht unbedingt Absicht. Menschen wie Malaks reden nicht gern.

»Ich habe mir gedacht, daß es, wenn ihm das hilft, nicht schwer für mich wäre, Arbeit für ihn zu finden.«

»Mir scheint, daß er sich ganz gut allein durchbringen kann.«

»Er ist ein guter Mechaniker. Er hat sich schon für alles Technische begeistert, als er noch klein war.«

»Er hat nicht mehr als drei Tage gebraucht, um den alten Lastwagen zu reparieren, den ich als Schrott am Teich abgestellt habe.«

Eddie bemühte sich um ein Lächeln.

»Ja, das ist Tony! Es war sicher von großem Nutzen für Sie.«

»Ich habe ihn ihm geschenkt. Das war das wenigste, was ich tun konnte. Außerdem habe ich mir letztes Jahr einen neuen gekauft.«

»Sie sind mit dem Lastwagen weggefahren?«

Der Alte nickte.

»Das wird ihnen eine Hilfe sein. Mit einem Lastwagen kann ein Mann wie mein Bruder ein kleines Geschäft aufziehen.«

»Genau das hat er gesagt.«

Es war immer noch zu früh für die Frage.

»Ihre Tochter . . . ich glaube Nora? . . . hatte keine Angst?«

»Wovor?«

»Weil sie wegmußte. Von New York, von ihrem gesicherten Leben, einfach so wegzugehen, ohne zu wissen, wohin.«

Das war ein Vorstoß: »ohne zu wissen, wohin«. Es hätte eine Reaktion auslösen können. Aber es kam nichts.

»Nora ist alt genug. Als sie vor drei Jahren hier wegging, hat sie auch nicht gewußt, was ihr bevorstand. Und als ich mit sechzehn mein Dorf verlassen habe, habe ich es auch nicht gewußt.«

»Sie hat keine Angst vor Schicksalsschlägen?«

Wie unecht seine Stimme klang, selbst in seinen eigenen Ohren! Die Rolle, die er spielte, kam ihm hassenswert vor, und doch mußte er in Tonys Interesse so handeln.

»Was für Schicksalsschläge? Bei mir zu Hause waren wir achtzehn Kinder, und an dem Tag, an dem ich wegging, hatte ich noch nie Weißbrot gesehen, ich wußte gar nicht, daß es so was gibt, ich bin immer nur mit Roggenbrot ernährt worden, mit Rüben und Kartoffeln, manchmal ein bißchen Speck. Kartoffeln und Speck werden sie immer finden.«

»Tony ist mutig.«

»Er ist ein guter Junge.«

»Ich frage mich, ob er auf die Idee kam, als er den Lastwagen repariert hat.«

»Schon möglich.«

»In manchen Gegenden gibt es wenig Transport-mittel.«

»Eben!«

»Vor allem zu dieser Jahreszeit, wo Ernte ist.«

Der Alte nickte zustimmend mit dem Kopf und wärmte sein Glas in seiner großen braunen Pranke.

»In Florida würde er sofort Kunden finden. Jetzt ist die Zeit für Gladiolen.«

Das verfing nicht. Er mußte auf direkterem Wege vorgehen.

»Haben sie Ihnen eine Nachricht geschickt?«

»Nicht, seitdem sie weg sind.«

»Ihre Tochter hat Ihnen nicht geschrieben?«

»Als ich meine Familie verlassen habe, habe ich drei Jahre lang nicht geschrieben. Erst schon mal hätte ich die Briefmarken zahlen müssen. Und dann hatte ich ihnen nichts mitzuteilen. Im ganzen habe ich zweimal geschrieben.«

»Auch Ihr Sohn schreibt Ihnen nicht?«

»Welcher?«

Eddie wußte nicht, daß er mehrere hatte. Zwei? Drei?

»Der, der bei General Electric arbeitet. Tony hat meiner Mutter davon erzählt. Scheint, daß er Zukunft hat.«

»Schon möglich.«

»Ihre Kinder lieben das Land wohl nicht.«

»Nicht diese beiden.«

Eddie mußte aufstehen, er war am Ende seiner Geduld. Er ging zum Fenster und betrachtete den Regen, der noch immer fiel und in den Pfützen Kreise bildete.

»Ich muß, glaube ich, wieder gehen.«

»Sie fahren heute abend nach New York?«

Er sagte ja, aber er wußte es noch nicht.

»Ich hätte Tony gern geschrieben. Ich habe eine Menge Neuigkeiten für ihn.«

»Er hat keine Adresse hinterlassen, es interessiert ihn nicht.«

Immer noch war keine Spur von Sarkasmus bei dem alten Mann zu entdecken. Es war ganz einfach seine Art, zu denken und zu reden. Wenigstens hoffte Eddie das.

»Angenommen, meiner Mutter stößt etwas zu . . .«

Er schämte sich mehr denn je über die niederträchtige Rolle, die er spielte.

»Sie ist alt. In letzter Zeit ging es ihr nicht sehr gut.«

»Es kann ihr nichts Schlimmeres passieren, als daß sie stirbt. Tony würde sie nicht wieder lebendig machen, oder?«

Das stimmte natürlich. Es stimmte alles. Er war es, der erbärmlich hin- und herlavierte, in der Hoffnung, daß der Alte sagte, was er nicht wußte oder nicht sagen wollte.

Er fuhr zusammen, als er draußen einen Mann sah, der gegen den Regen einen Beutel auf dem Kopf hatte, die Autonummer betrachtete und sich dann durch die

Wagentür neigte, um die am Steuer befestigte Fahrge-
nehmigung zu lesen. Der Mann trug rötliche Gummi-
stiefel. Er war jung und sah Malaks ähnlich, nur war er
etwas häßlicher und hatte unregelmäßige Gesichts-
züge.

Er klopfte seine Stiefel an der Mauer ab, stieß die Tür
auf und sah Eddie an, dann seinen Vater, schließlich die
Flasche und die Gläser.

»Wer ist das?« fragte er, ohne zu grüßen.

Der Alte antwortete:

»Ein Bruder von Tony!«

Dann sagte der junge Mann zu Eddie:

»Die Karre haben Sie in Harrisburg gemietet?«

Das war keine Frage, es war schon fast eine Anklage.
Er sagte nichts mehr, kümmerte sich nicht mehr um
den Besucher und ging in die Küche, um sich ein Glas
Wasser von der Pumpe zu holen.

»Ich hoffe, daß sie glücklich werden«, sagte Eddie,
um sich zu verabschieden.

»Sicher werden sie das.«

Das war alles. Der Sohn war mit seinem Glas Wasser
wieder ins Zimmer gekommen und folgte Eddie mit
den Augen, als er widerwillig zur Tür ging. Auch der
alte Malaks sah ihm nach, ohne ihn hinauszubegleiten.

»Danke für den Schnaps.«

»Nichts zu danken.«

»Trotzdem danke. Ich könnte Ihnen meine Adresse
dalassen, für den Fall, daß . . .«

Das war ein letzter Versuch.

»Wozu, nachdem ich nie schreibe? Ich weiß nicht
mehr, ob ich das Alphabet noch kann.«

Rico lief mit gebeugtem Rücken die wenigen Meter zu seinem Auto, und da er die Scheibe nicht hochgekurbelt hatte, war der Sitz naß geworden. Er fuhr los und geriet plötzlich in Zorn, zumal er im Haus lautes Lachen zu vernehmen glaubte.

Bei Higgins schaukelte immer noch der Kerl in seinem Stuhl und sah ihm ironisch entgegen. Er war derart verärgert, daß er nicht ausstieg; er trat aufs Gas und machte sich auf den Rückweg.

Diesmal verfuhr er sich nicht. Das Unwetter hatte aufgehört, es donnerte und blitzte nicht mehr, aber der Himmel entlud sich weiterhin in immer feinerem und dichterem Regen. Es würde mindestens noch zwei Tage regnen.

Der Mann von der Garage in Harrisburg schimpfte, weil der Wagen bis zum Dach mit Dreck bespritzt war. Eddie ging zum Hotel zurück, holte seinen Koffer und ließ sich mit dem Taxi zum Flugplatz bringen, ohne zu wissen, wann das nächste Flugzeug abgehen würde.

Er mußte eineinhalb Stunden warten. Das Gelände war aufgeweicht, die einander kreuzenden Startpisten glänzten. Im Wartesaal roch es nach Nässe und nach Pissoir. Hinten gab es zwei Telefonzellen, und er ging zur Theke, um Kleingeld zu wechseln.

Am Tag zuvor hatte er nicht zu Hause angerufen. Auch jetzt tat er es nur mit Widerwillen und nur, weil er es Alice versprochen hatte. Er hatte die Verbindung bereits angemeldet und wußte noch immer nicht, was er sagen sollte, hatte sich noch immer nicht entschieden. Er hatte auf einmal das Bedürfnis, so schnell wie möglich heimzufahren und sich um nichts mehr zu kümmern, trotz Phil, trotz allen Organisationen auf der ganzen Welt.

Sie hatten nicht das Recht, sein Leben derart durcheinanderzubringen. Er hatte es sich aufgebaut aus eigener Kraft, so wie der alte Malaks seine Farm aufgebaut hatte.

Für die Angelegenheiten seines Bruders war er nicht verantwortlich. Nicht er hatte das Auto gefahren, aus dem die Schüsse kamen, die den Zigarrenhändler in der Fulton Avenue getötet hatten.

Von hier aus gesehen, kam ihm all das unwirklich vor. War der Gast der Trade Post wirklich da, um ihm nachzuspionieren? Warum, in diesem Falle, war er ihm nicht gefolgt? Durch das Glas der Kabine übersah Eddie den ganzen Warteraum. Es waren nur zwei ältere Frauen darin, und auf der Bank saß ein Matrose mit seinem Sack neben sich.

Alles war schmutzig, grau, entmutigend, während das Haus in Santa Clara in makellosem Weiß in der Sonne stand.

Was machte der Typ in White Cloud, wenn er nicht seinetwegen dort war?

Während sich die Stimmen der Telefonisten unterhielten, fand er eine ganz einfache Erklärung. Sid Kubik war kein Kind, er war gescheiter als jeder Polizist. Bei Higgins befand sich in einer Ecke hinter der Ladentür ein Schalter, über dem stand: Post Office.

Hier lief die Post des ganzen Dorfes ein. Wenn ein Brief für Malaks dabei war, konnte der Kerl das leicht sehen, wenn die Säcke geleert wurden.

»Bist du es?«

»Wo bist du?«

»In Pennsylvania.«

»Kommst du bald zurück?«

»Ich weiß nicht. Wie geht es den Kindern?«

»Sehr gut.«

»Gibt's was Neues?«

»Nein. Der Sheriff hat angerufen, aber er hat gesagt, es ist nichts Wichtiges. Bleibst du noch?«

»Ich bin auf dem Flughafen, ich komme heute abend in New York an.«

»Besuchst du deine Mutter?«

»Ich weiß nicht. Wahrscheinlich, ja.«

Er würde hingehen. Das war besser. Vielleicht wußte sie etwas, was sie Kubik nicht mitgeteilt hatte.

Auch der Rest des Tages blieb düster. Das Flugzeug war eine alte Maschine, sie durchflogen zwei Gewitter. Als sie in La Guardia einflogen, war es Nacht, schwarze Gestalten bewegten sich auf dem Flughafen umher, Leute umarmten sich, andere schleppten sich mit schwerem Gepäck ab.

Er bekam schließlich ein Taxi und nannte die Adresse von Brooklyn. Plötzlich fror er in seinem zu leichten, von Feuchtigkeit durchdrungenen Anzug. Er nieste mehrmals und fürchtete, einen Schnupfen abbekommen zu haben. Als Kind hatte er oft Schnupfen gehabt. Auch Tony, er hatte jeden Winter seine Bronchitis.

Auf einmal fiel ihm das Bild wieder ein: Tony in seinem Bett, mit Illustrierten auf der Bettdecke und Blättern, die er mit Zeichnungen bedeckte. Die drei Brüder schliefen im selben Zimmer. Es war kaum Platz, um sich zwischen den Betten umzudrehen.

Es würde eine peinliche Diskussion geben. Seine Mutter würde darauf bestehen, daß er bei ihr schlief. Sie hatte jetzt ein Badezimmer, ihr früheres Zimmer war umgebaut worden.

Gleich hinter dem Laden ging es in die Küche, die als Eßzimmer und Salon diente; dort verbrachte seine Großmutter ihre Tage in einem Lehnstuhl. Dahinter lag auf einem dunklen Gang das Zimmer, wo die beiden Frauen schliefen, seitdem die Großmutter fürchtete, während der Nacht zu sterben. Das ehemalige Zimmer der Alten sollten Julias Söhne bewohnen, wenn sie zu Besuch kamen, und es war ein Geruch darin, der Eddie immer unerträglich gewesen war.

Er klopfte an die Scheibe und nannte die Adresse des Saint George, eines großen Hotels in Brooklyn, nur drei Straßen von zu Hause entfernt. Er füllte sein Anmeldeformular aus und gab seinen Koffer ab. Er hatte keinen Hunger, vor dem Abflug von Harrisburg hatte er eine Kleinigkeit gegessen. Er trank nur an einer Theke eine Tasse Kaffee und nahm dann wieder ein Taxi, denn es regnete noch immer.

Der Gemüseladen neben dem jetzigen Laden seiner Mutter war umgebaut worden. Es wurden noch immer Gemüse und Gewürze verkauft, aber die Auslage war modernisiert worden, die Wände waren weiß gekachelt, und Tag und Nacht, auch wenn geschlossen war, war der Laden hell mit Neonlicht erleuchtet.

Es war elf Uhr abends. Nur die Bars hatten noch geöffnet und das Billard gegenüber, wo die jungen Leute hingingen, um zu randalieren.

Es war kein Licht im Süßigkeiten- und Getränkeladen. Dennoch war es nicht ganz dunkel, denn die hintere Tür stand halb offen. Die beiden Frauen saßen in der Küche unter der Lampe, und ohne die offene Tür hätten sie zu wenig Luft bekommen. Eddie konnte sogar den Rock und die Füße seiner Mutter erkennen.

Am linken Ladentisch mit seinen vier am Boden festgeschraubten Hockern, den Sodahähnen und den Chromdeckeln über den Eiscremebehältern hatte sich nichts verändert. Auf der anderen Seite lagen alle möglichen Süßigkeiten, Schokolade, Kaugummi, und vor der Rückwand standen drei *pin-ball machines*.

Er zögerte noch mit dem Anklopfen. Es gab keine Klingel. Jeder der Brüder hatte seine eigene Art, an die Scheibe zu klopfen. Es kam ihm vor, als sei das Viertel und auch die Straße trostloser als früher, obwohl sie besser beleuchtet waren.

Seine Mutter bewegte sich, sie stand auf, durchquerte den Raum, der in seinem Blickfeld lag, und wandte sich für einen Augenblick dem Laden zu. Da er nicht sicher war, ob sie ihn gesehen hatte, trommelte er gegen die Tür.

Sie ließ den Schlüssel nie im Schloß stecken. Er wußte, aus welcher Ecke am Buffet sie ihn holen würde. Noch hatte sie ihn nicht erkannt, er stand im Dunkeln. Sie preßte ihr Gesicht an die Scheibe, runzelte die Augenbrauen, rief etwas, das er nicht verstand, und öffnete:

»Warum hast du mich nicht angerufen? Dann hätte ich dein Zimmer hergerichtet.«

Sie küßte ihn nicht. Die Ricos küßten sich nie. Sie sah auf seine Hände.

»Wo ist dein Koffer?«

Er log:

»Ich habe ihn in La Guardia gelassen. Kann sein, daß ich heute nacht schon wieder abreise.«

Sie war immer dieselbe für ihn geblieben. Seit sie ihn in den Armen gehalten hatte, hatte sie sich für ihn nicht verändert. Er hatte sie immer mit etwas geschwollenen Beinen gekannt, mit dem schweren Leib, den großen Brüsten, die in ihrer Bluse hin- und herwogten. Auch hatte sie sich immer in Grau gekleidet.

»Das ist weniger schmutzhaft!« erklärte sie.

Er sagte seiner Großmutter guten Tag. Sie nannte ihn Gino. Es war das erste Mal, daß das passierte, und er blickte seine Mutter fragend an, aber die machte ihm ein Zeichen, daß er nicht darauf achten solle. Sie legte einen Finger an die Stirn, um anzudeuten, daß die alte Frau langsam das Gedächtnis verlor.

»Du ißt doch eine Kleinigkeit?«

Sie öffnete den Kühlschrank, holte Salami, Kartoffelsalat, Gewürze heraus und stellte alles auf den wachstuchgedeckten Tisch.

»Hast du meinen Brief bekommen?«

»Ja.«

»Hat er dir auch nicht geschrieben?«

Er schüttelte den Kopf. Er mußte ihr zuliebe etwas essen und Chianti trinken, den sie ihm in einem der großen dicken Gläser servierte, die er nirgendwo sonst jemals gesehen hatte als bei ihr.

»Bist du deswegen hier?«

Er hätte gern offen mit ihr geredet, ihr die ganze Wahrheit gesagt, erzählt, was bei Phil und Sid Kubik vorgegangen war, von seiner Reise nach White Cloud. Es wäre leichter gewesen, und er hätte sich von dem großen Gewicht erlöst gefühlt, das auf ihm lastete.

Aber er wagte es nicht. Er verneinte. Nachdem sie ihn immer noch fragend ansah, fügte er hinzu:

»Ich mußte jemanden besuchen.«

»Haben sie dich kommen lassen?«

»In gewisser Weise ja. Aber nicht deswegen. Nicht ausgesprochen deswegen.«

»Was haben sie zu dir gesagt? Hast du sie schon getroffen?«

»Nein, noch nicht.«

Sie glaubte es nur halb. Sie glaubte allen nur halb, vor allem ihren Söhnen, und vor allem Eddie, er war nie dahintergekommen, warum, denn er war derjenige von den dreien, der sie am wenigsten belogen hatte.

»Glaubst du, daß sie hinter ihm her sind?«

»Sie werden ihm nichts tun.«

»Hier wird aber was anderes geredet.«

»Ich war beim Vater seiner Frau.«

»Wie hast du seinen Namen erfahren? Nicht einmal ich kenne ihn. Wer hat ihn dir gesagt?«

»Jemand, der gerade ein paar Wochen in Santa Clara verbringt.«

»Joe?«

Sie wußte mehr, als er angenommen hatte. Das war immer so bei ihr. Die kleinsten Gerüchte kamen ihr zu Ohren. Sie hatte einen besonderen Sinn, die Wahrheit zu ahnen.

»Mißtraue ihm. Ich kenne ihn. Er war öfter hier,

Eis essen, vor drei oder vier Jahren, als er noch ein kleiner Ganove war. Er ist falsch.«

»Das glaube ich auch.«

»Was hat er zu dir gesagt? Woher weiß er es?«

»Hör zu, Mama, stell mir nicht so viel Fragen. Du erinnerst mich ja an O'Malley.«

Untereinander sprachen sie immer ein fehlerhaftes, mit Brooklyner Slang vermischtes Italienisch. O'Malley war der Sergeant, der seit über zwanzig Jahren in ihrem Viertel Dienst tat und vor dem die Brüder früher mächtig Angst gehabt hatten.

»Ich sag ja nur, daß ich den Vater gesehen habe. Es stimmt, daß Tony und seine Frau bei ihm vorbeigekommen sind, vor zwei oder drei Monaten. Neben dem Teich stand ein alter kaputter Lastwagen. Anscheinend hat Tony ihn in drei Tagen repariert, und der Schwiegervater hat ihn ihm geschenkt.«

Die Großmutter, die fast taub war, nickte mit dem Kopf, als würde sie das Gespräch mit Interesse verfolgen. Das machte sie schon seit Jahren so, und manchmal fielen Leute darauf herein und hielten ihr lange Reden.

Warum lächelte Julia plötzlich?

»Ist es ein großer Lieferwagen?«

»Ich habe ihn nicht gefragt. Wahrscheinlich. Auf einer Farm kann man mit einem kleinen nichts anfangen.«

»Dann wird es dein Bruder schon schaffen.«

Sie sagte ihm nicht alles, das fühlte er, sie genoß ihre Entdeckung, beobachtete Eddie und überlegte vermutlich, ob sie sie ihm mitteilen sollte.

»Erinnerst du dich an seine Lungenentzündung?«

Er hatte oft davon gehört, erinnerte sich aber kaum daran. Das Ereignis verschmolz mit der häufigen Bronchitis von Tony. Damals kam Eddie, der gerade fünfzehn war, auch nicht oft nach Hause.

»Der Doktor hat gesagt, daß er frische Luft braucht, um sich zu erholen. Der Sohn von Josephina . . .«

Er begriff. Auch er hätte beinahe gelächelt. Er war überzeugt, daß seine Mutter den richtigen Gedanken hatte. Josephina war eine Nachbarin, eine Putzfrau, die von Zeit zu Zeit kam, um auszuhelfen. Sie hatte einen Sohn, an dessen Namen Eddie sich nicht erinnerte und der nach dem Westen gegangen war. Er betrieb dort eine Farm. Josephina behauptete, daß er gut vorankam, daß er verheiratet sei und schon einen Sohn habe und daß er darauf bestand, daß sie nachkam.

Der Name des Ortes fiel ihm einfach nicht mehr ein. Es war im Süden von Kalifornien.

Eines schönen Tages kam der Sohn tatsächlich, um seine Mutter zu holen. Sie bestand darauf, daß Tony, der sich nicht erholen konnte, ein paar Monate mitkam, denn sie hatte schon immer eine Schwäche für den Jungen gehabt.

»Die Sonne und die frische Luft . . .«

Die Einzelheiten hatte er vergessen. Jedenfalls war Tony fast ein Jahr von zu Hause weggewesen. Aus dieser Zeit stammte seine Leidenschaft für das Technische. Er war damals elf und behauptete, daß Josephinas Sohn ihn mit seinem Traktor durch die Felder fahren ließ.

Er hatte oft von dort erzählt.

»Sie ernten jährlich bis zu drei- oder viermal Obst und Gemüse. Das Problem ist, das Gemüse zu transportieren.«

Seine Mutter sagte:

»Ich wette, er ist irgendwo in der Umgebung von El Centro.«

Das war der Name der Stadt, den er suchte. Ein wenig beschämt wandte er den Kopf ab.

»Ißt du nichts mehr?«

»Ich habe was gegessen, bevor ich gekommen bin.«

»Du fährst doch nicht schon wieder?«

»Nein, nicht sofort.«

Er wäre lieber weggegangen. Noch nie hatte er sich in diesem Zimmer, das ihm so vertraut war, so wenig zu Hause gefühlt. Nie hatte er sich bei seiner Mutter so sehr als kleiner Junge gefühlt.

»Wann fährst du nach Florida zurück?«

»Morgen.«

»Ich dachte, du mußt noch jemanden besuchen.«

»Das mache ich morgen früh.«

»Hast du in Miami nicht Sid Kubik getroffen?«

Um sich ja nicht zu widersprechen, zog er es vor, nein zu sagen. Er wußte nicht mehr recht, woran er war. Er befand sich nicht auf sicherem Boden.

»Merkwürdig, daß Gino auch gerade in Kalifornien ist.«

»Ja, das ist merkwürdig.«

»Du siehst nicht gut aus.«

»Ich muß bei dem Gewitter einen Schnupfen abbekommen haben.«

Der Chianti war lauwarm und schwer.

»Ich glaub, es ist Zeit, daß ich gehe.«

Sie blieb auf der Türschwelle stehen und sah ihm nach, wie er sich entfernte, und der letzte Blick, den sie ihm nachsandte, gefiel ihm nicht.

5

Wie oft hatte er zu dieser späten Stunde das Haus verlassen! Seine Mutter stand in der Tür und beugte sich hinaus, um ihm nachzusehen. Sogar ganz nebensächliche Einzelheiten waren dieselben, wie etwa, daß es aufgehört hatte zu regnen. Früher sagte sie: »Warte wenigstens, bis es aufgehört hat zu regnen.«

So oft hatte er gesehen, wie der Regen auf den Gehsteigen trocknete, und die Pfützen, das hätte er schwören mögen, waren immer an derselben Stelle! Einige Läden sahen immer noch so aus wie früher. Es gab eine Straßenecke, die zweite, an der er früher ohne triftigen Grund immer einen Hinterhalt vermutet hatte. Er spürte sogar den Stich in der Brust, den er beim Betreten der Gefahrenzone empfunden hatte.

All das sah er ohne Freude wieder. Dabei war es sein Viertel. Zwischen diesen Häusern war er aufgewachsen, sie mußten ihn wiedererkennen. Als schämte er sich. Nicht vor ihnen. Eher vor sich selbst. Es war schwer zu erklären. Sein Bruder Gino zum Beispiel gehörte immer noch hierher. Auch Sid Kubik, der eine gewichtige Persönlichkeit geworden war, konnte ohne Bedenken hierher zurückkommen.

Nicht erst an diesem Abend war Eddie traurig zumute, als er die Umgebung seiner Kindheit wiedersah. Früher, wenn er mit dem Zug oder dem Flugzeug

103

ankam, hatte er sich aufrichtig darauf gefreut, den Kontakt wiederherzustellen. Aber dann, kaum war er in seiner Straße angekommen, im Haus seiner Mutter, geschah nichts. Die Gefühle waren verschwunden. Nicht nur die seinen, auch die der anderen.

Er wurde aufs beste empfangen. Es kam etwas zu essen auf den Tisch, man goß ihm Wein ein. Aber er wurde anders angeschaut, anders als Gino oder Tony.

Er hätte gern Freunde getroffen. Aber richtige Freunde hatte er nie gehabt. Es war nicht seine Schuld. Sie waren alle anders als er.

Dabei war er immer gewissenhaft gewesen. Er hatte die Regeln befolgt. Nicht aus Angst, wie die meisten von ihnen, sondern weil er wußte, daß es unumgänglich war.

Es war die reinste Ironie, daß seine Mutter gerade ihn immer mit Hintergedanken, mit etwas wie Argwohn betrachtete. Auch heute abend war es so gewesen. Vor allem heute abend.

Die Flushing Avenue mit ihren Lichtern war nicht weit. Als er einbiegen wollte, drehte sich ein Stadtpolizist nach ihm um. Es war ein Mann mittleren Alters. Eddie erkannte ihn nicht, aber er war sicher, daß der Polizist ihn kannte.

Er kam in die hell erleuchtete Hauptstraße mit ihren Bars, Restaurants und Kinos, den noch offenen Läden und den Pärchen, die die Gehsteige entlangschlenderten, den Gruppen von Soldaten und Matrosen mit Mädchen, die sich von Fotoautomaten fotografieren ließen, Hot dogs aßen oder sich mit Scheibenschießen vergnügten.

Er hatte sich vorgenommen, gleich ins Saint George zurückzugehen und sich schlafen zu legen. Diese Nacht konnte er nicht weiterreisen. Er brauchte Ruhe. Außerdem hatte er nur noch ein paar Zweihundertdollarscheine in der Tasche und mußte bei der Bank einen Scheck einlösen. In einer Bank in Brooklyn hatte er ein eigenes Konto. Er hatte noch vier oder fünf weitere Konten, seine Geschäfte machten das notwendig.

Alice und die Kinder schliefen schon, und mit einem Mal hatte er das Gefühl, daß sie sehr weit weg waren, daß er sie vielleicht nie wiedersehen, sein Haus nicht wieder vorfinden würde, sein Leben, das er sich mit so viel Geduld und Sorgfalt zurechtgelegt hatte. Angst beschlich ihn. Er hatte das heftige Bedürfnis, sofort zurückzukehren, ohne sich weiter um Tony zu kümmern, um Sid Kubik, Phil und all die anderen. Empörung kam in ihm hoch. Sie hatten nicht das Recht, ihn so aus seinem gewohnten Leben herauszureißen.

Die Avenue hatte sich so wenig verändert, daß es einer Sinnestäuschung glich. Die Gerüche vor allem, immer wenn er sich einem Hot-dog-Stand oder einem Restaurant näherte. Und die Geräusche, die Musik, die aus den Amüsierlokalen drang.

Hier war er gewesen, als er so alt war wie die Soldaten, die lachend die Passanten anrempelten, und die jungen Leute, die, mit der Zigarette im Mundwinkel, die Hände in den Taschen vergraben, mit geheimnisvollem Getue die Schaufenster entlangstrichen.

Ein Auto kam ihm am Gehsteig entgegen, er glaubte ein Gesicht zu erkennen, ein Arm streckte sich aus dem Wagenfenster, eine Hand winkte, der Wagen hielt.

Es war Bill, genannt Polen-Bill, mit zwei Mädchen neben sich auf dem Vordersitz, und hinter ihm im Halbschatten saßen noch ein Mädchen und ein Mann, den Rico nicht kannte. Bill stieg nicht aus.

»Was machst du hier?«

»Ich bin auf der Durchreise. Ich hab meine Mutter besucht.«

Der Pole wandte sich zu den Mädchen und erklärte:

»Das ist der Bruder von Tony.«

Zu Eddie sagte er:

»Bist du schon lang hier? Ich dachte, du bist irgendwo im Süden, in Louisiana, oder nicht?«

»In Florida.«

»Genau. In Florida. Gefällt's dir da?«

Eddie mochte Bill nicht. Der versuchte immer, sich wichtig zu machen. Er war lärmend und streitsüchtig und immer von Frauen umgeben, bei denen er sich aufspielte.

Was nahm er in der Organisation für einen Platz ein? Sicher keinen erstrangigen. Er machte bei den Docks seine trüben Geschäfte und befaßte sich mit den Gewerkschaften. Eddie hatte ihn in Verdacht, daß er den Dockers kurzfristig Geld lieh und ihnen gestohlene Ware abkaufte.

»Trinkst du einen mit uns?«

Die Einladung war nicht herzlich gemeint. Bill hatte nur aus Neugier angehalten, er ließ den Motor weiterlaufen.

»Wir dampfen ab nach Manhattan, in ein kleines Kellerlokal. Nähe Zwanzigste Straße, wo nackte Weiber tanzen.«

»Danke. Ich geh schlafen.«

»Wie du willst. Hast du was von Tony gehört?«

»Nein.«

Das war alles. Bills Wagen entfernte sich auf dem Asphalt. Der Pole erzählte sicher seinen Begleiterinnen und dem Mann auf dem Rücksitz von ihm. Was sagte er?

Eddie hatte nicht oft das Bedürfnis nach anderen Leuten, nur selten fühlte er sich anlehnungsbedürftig. Aber heute abend wollte er doch noch nicht schlafen gehen, obwohl er es sich vorgenommen hatte. Er hatte Lust, mit jemandem zu reden, der ihm Sympathie entgegenbrachte und der auch ihm sympathisch war.

Namen fielen ihm ein, Gesichter, denen er begegnen konnte, wenn er zu einigen Bars oder Restaurants in der Avenue die Tür aufstieß. Keins zog ihn an. Keins entsprach dem, was er suchte.

Erst als er aus einer Küche Knoblauch schnupperte, dachte er an Pep Fasoli. Ein großer Junge, der mit ihm zur Schule gegangen war und ein kleines Lokal hatte, wo man Tag und Nacht etwas zu essen bekam. Es war nicht groß, so etwas wie ein langer, schmaler Gang mit einer Theke und ein paar durch Trennwände abgeteilten Tischen, an denen Spaghetti, Hot dogs und Hamburger serviert wurden.

Manchmal, wenn er in Florida in einem italienischen Restaurant mit Alice Spaghetti aß, sagte er zu ihr mit einem Anflug von Heimweh:

»An die von Fasoli kommen die nicht ran.«

Er hatte Hunger und trat ein. Hinter der Theke arbeiteten zwei Köche mit fleckigen Kitteln an elektrischen Herden. Zwei schwarzgekleidete Kellnerinnen mit weißer Schürze liefen herum, den Bleistift hinters Ohr geklemmt. Sie steckten ihn, wenn sie eine Bestellung aufgenommen hatten, ins Haar wie einen Kamm.

Die Hälfte der Plätze war besetzt. Ein Musikautomat spielte etwas Sentimentales. Pep war da, auch er in Arbeitskluft; er war kleiner und auch dicker, als ihn Eddie in Erinnerung hatte. Er hatte ihn sicher erkannt, als er sich auf einen der Barhocker setzte, aber er kam ihm nicht mit ausgestreckter Hand entgegen. Zögerte er, in seine Nähe zu kommen?

»Ich wußte, daß du in der Gegend bist, aber ich war nicht sicher, ob du herkommst.«

Für gewöhnlich war Pep mitteilsam.

»Woher weißt du, daß ich in Brooklyn bin?«

»Jemand hat gesehn, wie du zu deiner Mutter gegangen bist.«

Das beunruhigte ihn. Er hatte sich auf der Straße mehrmals umgesehen, um sich zu vergewissern, daß ihm niemand folgte. Und er hatte niemanden bemerkt. Als er von zu Hause wegging, war die Straße leer gewesen.

»Wer?«

Pep machte eine vage Geste.

»Wirklich, da fragst du mich zuviel. Es kommen so viele Leute vorbei!«

Das stimmte nicht. Pep wußte, wer von ihm berichtet hatte. Warum wollte er es nicht sagen?

»Spaghetti Spezial?«

Er wurde behandelt wie ein beliebiger Gast. Fast hätte er abgelehnt und gesagt, er habe schon gegessen.

Aber das wollte er nicht. Es war wie mit dem Chianti bei seiner Mutter. Sein ehemaliger Kumpel wäre vielleicht verärgert gewesen.

Er nickte, und Pep drehte sich um, um einem der beiden Köche die Bestellung weiterzugeben.

»Du siehst nicht besonders gut aus.«

Sagte er das absichtlich? Eddie neigte nur allzusehr dazu, sich um seine Gesundheit Sorgen zu machen. An der Wand ihm gegenüber waren viele Spiegel, auf denen mit Kreide die Tagesgerichte standen. Der Spiegel ihm gegenüber war trüb vom Küchendampf, und wahrscheinlich war es auch ein billiger Spiegel. Eddie sah darin ein Gesicht, das blässer war als sonst, umränderte Augen, blutleere Lippen. Es kam ihm sogar vor, als stünde seine Nase etwas schief, wie die von seinem Bruder Gino.

»Hast du was von Tony gehört?«

Alle wußten es. Alle waren auf dem laufenden. Es war wie eine Verschwörung. Und jeder, der ihm diese Frage stellte, sah ihn dabei so eigenartig an – als würde man ihn böser Absichten verdächtigen.

»Er hat mir nicht geschrieben.«

»Ah!«

Pep bohrte nicht weiter, er machte sich an der Registrierkasse zu schaffen.

»Fährst du wieder heim?« fragte er ihn nach einer Weile etwas gezwungen, als würde ihn die Antwort gar nicht interessieren.

»Ich weiß noch nicht, wann.«

Die Spaghetti wurden ihm serviert; sie hatten eine sehr scharfe Soße, deren Geruch ihn abstieß. Sein

Hunger war verflogen, er mußte sich zum Essen zwingen.

»Einen Espresso?«

»Wenn du meinst.«

Am anderen Ende der Theke beobachteten ihn hartnäckig zwei junge Männer. Eddie war überzeugt, daß sie sich über ihn unterhielten. Für sie war er ein hohes Tier. Es waren Anfänger, auf der untersten Sprosse der Stufenleiter; ab und zu bekamen sie mal einen Fünfdollarschein für eine kleine Dienstleistung.

Früher hätte es ihm Vergnügen bereitet, so angestarrt zu werden. Heute wußte er nicht, wie er sich verhalten sollte. Ihm mißfiel auch die Art, wie Pep zwischendurch in seiner Nähe herumschlich. Pep war alles in allem noch am ehesten so etwas wie ein Freund. Eddie hatte sogar einmal ein vertrauliches Gespräch mit ihm geführt, eines Nachts im Mondschein, als sie sechzehn oder siebzehn Jahre alt waren; sie spazierten endlos lange miteinander durch die Straßen. Er hatte über die Gesetze gesprochen, über ihre Notwendigkeit, und wie dumm und gefährlich es war, von ihnen abzuweichen.

»Schmeckt's dir nicht?«

»Doch, sehr gut.«

Eddie zwang sich, den ganzen Teller Spaghetti leer zu essen. Sie hatten einen Nachgeschmack von verbranntem Fett und viel zuviel Knoblauch. Er hätte nicht zu Fasoli gehen sollen. Er hätte auch nicht zu seiner Mutter gehen sollen.

Was wäre geschehen, wenn er nach Santa Clara zurückgefahren wäre, Sid Kubik angerufen und ihm rundheraus erklärt hätte, daß er die Spur seines Bruders nicht hatte finden können? Aber dazu war er zu gewissenhaft.

»Was schulde ich dir?«

»Laß nur.«

»Aber nein. Es gibt keinen Grund.«

Man ließ ihn zahlen. Zum ersten Mal. Auch deshalb fühlte er sich fremder.

Er konnte sich nicht klar darüber werden, ob die anderen es waren, die ihn abwiesen, oder ob er es war, der sich vor ihnen zurückzog. Sein Hotel war nicht weit, zwei Straßenecken weiter. Er war entschlossen, ohne sich weiter aufzuhalten, dorthin zurückzukehren. Trotzdem ging er noch in eine Bar. Er erinnerte sich undeutlich an den früheren Barmixer, mit dem er bisweilen gewürfelt hatte. Es war ein anderer Barmixer da. Auch der Besitzer hatte gewechselt. Die Theke war düster, die Wände waren mit braunem Holz verkleidet und mit Stichen von Pferderennen und Fotos von Jockeys und Boxern bedeckt. Manche Fotos waren schon sehr alt, er erkannte darauf zwei oder drei Boxer, die damals vom alten Mossie lanciert worden waren. Mossie hatte als Besitzer einer Sporthalle angefangen.

Er zeigte auf den Bierhahn.

»Ein Bier.«

Der Mann, der ihn bediente, wußte nicht, wer er war. Auch nicht der Mann neben ihm, der einen Whisky vor sich stehen hatte und schon betrunken war. Und auch nicht das Pärchen hinten im Saal, das sich so gut vergnügte, wie es in der Öffentlichkeit gerade noch ging.

Beinahe hätte er Alice noch einmal angerufen.

»Nochmal dasselbe!«

Er besann sich eines Besseren:

»Nein! Einen *rye*!«

Er hatte plötzlich Lust auf Alkohol, und er wußte auch, daß es nicht gut war, wenn er ihr nachgab. Das kam bei ihm selten vor. Es gibt Leute, denen es hilft. Ihn machte das Trinken jedoch traurig und mißtrauisch. Es war zwei Uhr morgens, und er fiel fast um vor Müdigkeit. Aber er blieb beharrlich an die Bar gelehnt stehen. Der Betrunkene sprach nicht mit ihm.

»Nochmal dasselbe!«

Er trank vier *ryes*. Auch hier hing ihm gegenüber ein Spiegel, und er betrachtete sich darin. Er sah wirklich nicht gut aus. Sein Bart war gewachsen, seine Wangen und sein Kinn sahen ungepflegt aus. Sein Bart wuchs schnell. Irgendwo hatte er gelesen, daß der Bart auf dem Gesicht der Toten schneller wächst als auf dem der Lebenden.

Als er schließlich in sein Hotel zurückkehrte, wankten ihm die Knie, und jedesmal wenn er Schritte hinter sich hörte, bildete er sich ein, es sei jemand, den Phil damit beauftragt hatte, ihm zu folgen. In einer Ecke der Hotelhalle, in der die meisten Lichter gelöscht waren, saßen zwei Männer, die sich halblaut unterhielten und den Kopf hoben, um ihm nachzusehen, als er zum Aufzug ging. Waren sie seinetwegen da? Er erkannte sie nicht, aber es gab ja Tausende, die er nicht kannte und die ihn kannten – er war schließlich Eddie Rico!

Er hätte Lust gehabt, sich vor sie hinzustellen und zu sagen: »Ich bin Eddie Rico. Was wollen Sie von mir?«

Der Liftboy warnte ihn:

»Vorsicht, Stufe!«

»Danke, junger Mann.«

Er schlief schlecht. Zweimal stand er auf, um mehrere Gläser Wasser zu trinken, und er erwachte übellaunig und mit Kopfschmerzen. Er rief von seinem Zimmer aus die Luftfahrtgesellschaft an.

»El Centro, ja, in Kalifornien. So bald wie möglich.«

Mittags gab es einen Flug. Es waren allerdings alle Plätze belegt.

»Sie sind für drei Tage im voraus reserviert. Aber wenn Sie eine halbe Stunde vor dem Abflug hier sind, können Sie ohne weiteres noch einen Platz bekommen. Meistens gibt jemand im letzten Moment sein Ticket zurück.«

Draußen schien die Sonne, eine blassere und mattere Sonne als in Florida, und durchsichtiger Dunst bedeckte den Himmel.

Er ließ sich das Frühstück bringen, aß nur ein paar Bissen und klingelte nach einer zweiten Kanne Kaffee. Dann rief er Alice an, die zu dieser Uhrzeit sicher die Zimmer aufräumte, während Lois, die kleine Negerin, die Betten machte und Babe hinter ihnen herlief und alles anfaßte.

»Bist du's? Alles in Ordnung zu Hause?«

»Ja, alles in Ordnung.«

»Sind Anrufe gekommen?«

»Nein. Babe hat sich heut morgen den Finger verbrannt, sie hat auf die Herdplatte gefaßt, aber es ist nichts Schlimmes. Sie hat nicht mal geweint. Warst du bei deiner Mutter?«

»Ja.«

Es fiel ihm nichts ein, was er ihr hätte sagen können, er fragte sie nach der Uhrzeit und ob die neuen Vorhänge für das Eßzimmer schon da seien.

»Geht's dir denn auch gut?« fragte seine Frau besorgt.

»Aber ja.«

»Es klingt, als hättest du Schnupfen.«

»Nein. Vielleicht.«

»Bist du im Hotel?«

»Ja.«

»Hast du Freunde getroffen?«

Warum antwortete er: »Ein paar«?

»Kommst du bald zurück?«

»Ich hab noch einiges zu erledigen. Anderswo.«

Beinahe hätte er ihr mitgeteilt, daß er nach El Centro wollte. Das war gefährlich. Er hatte sich gerade noch rechtzeitig zurückgehalten. Nun würde man, wenn daheim etwas passierte, wenn etwa einer seiner Töchter etwas zustieß, nicht wissen, wo man ihn erreichen konnte, um ihn zu benachrichtigen.

»Hängst du wieder ein, aber so, daß ich mit Santa Clara in Verbindung bleibe? Ich muß mit Angelo sprechen.«

Die Verbindung klappte reibungslos.

»Sind Sie es, Chef?«

»Was Neues im Geschäft?«

»Nichts Besonderes. Heut morgen haben die Maler mit der Arbeit angefangen.«

»Und Joe?«

»'s geht so.«

Das klang nicht gerade begeistert.

»Schwierigkeiten?«

»Miss van Ness hat ihn zusammengestaucht.«

»Hat er versucht . . .?«

Joe war wahrscheinlich der erste, der Miss van Ness gegenüber den Respekt vergaß.

»Sie hat ihm 'ne Ohrfeige verpaßt, von der er sich noch nicht erholt hat.«

»Hat er versucht durchzubrennen?«

»Am ersten Abend hab ich bis drei Uhr morgens mit ihm Karten gespielt, dann hab ich die Tür abgeschlossen.«

»Und jetzt?«

»Letzte Nacht hab ich gemerkt, daß er's nicht aushält und daß er nah dran war, aus dem Fenster zu springen. Ich hab Bepo angerufen.«

Bepo war ein kleiner, immer schmuddelig aussehender Mann, der an der Hauptstraße, zwischen Santa Clara und der nächsten Stadt, ein Bordell besaß.

»Er hat das Nötige geschickt. Sie haben eine ganze Flasche Whisky zusammen ausgesoffen. Heut morgen ist er k.o.«

Um halb zwölf war Eddie mit seinem Koffer wieder in La Guardia am Schalter. Man hatte ihm den ersten freien Platz versprochen. Er beobachtete die Leute um sich herum und suchte nach einem bekannten Gesicht, nach jemandem, der so aussah, als könnte er zur Organisation gehören.

Er war bei der Bank gewesen und hatte tausend Dollar abgehoben. Ohne Geld in der Tasche fühlte er sich unsicher. Sein Scheckbuch genügte ihm nicht. Er brauchte Scheine.

Am Flughafen hatte er dem Fräulein am Schalter nicht seinen richtigen Namen angegeben, er nannte den erstbesten, der ihm einfiel: Philippe Agostini. So daß er, als er aufgerufen wurde, erst gar nicht reagierte, da er vergessen hatte, daß er das war.

»Hundertzweiundsechzig Dollar . . . ich stelle Ihnen das Ticket aus . . . haben Sie Gepäck? Gehn Sie bitte durch die Sperre.«

Er fand es ganz unwahrscheinlich, daß man ihn abreisen ließ, ohne sich zu erkundigen, wohin er wollte. Er drehte sich ständig um und erforschte die Gesichter. Aber niemand schien sich um ihn zu kümmern.

Selbst daß er nicht überwacht wurde, flößte ihm nun Furcht ein.

Der Lautsprecher forderte die Passagiere seines Flugzeuges auf, sich zur Schranke Nr. 12 zu begeben. Dort stand er mit ungefähr zwanzig Personen. Und erst jetzt, in dem Augenblick, als er sein Ticket vorwies, spürte er, daß zwei braune Augen auf ihn gerichtet waren. Er spürte sie buchstäblich, noch bevor er sie sah, so deutlich, daß er zögerte, den Kopf dorthin zu wenden.

Es war ein Junge von sechzehn oder siebzehn Jahren, mit dunklem, glänzendem Haar und mattem Teint, sicher ein Italiener, der an einer Wand lehnte und ihn ironisch betrachtete.

Eddie kannte ihn nicht. Er konnte ihn auch nicht kennen, denn damals, als Eddie Brooklyn verließ, war er noch ein Baby gewesen. Seine Eltern mußte er gekannt haben, denn die Züge, der Gesichtsausdruck kamen ihm bekannt vor.

Es kam ihm die Idee, umzukehren, ein anderes Flugzeug irgendwohin zu nehmen. Aber das würde nichts nützen – wohin er auch ging, jemand würde ihn auf dem Flughafen erwarten.

Außerdem konnte er ja unterwegs aussteigen. Würde man sich die Mühe machen, sämtliche Zwischenlandungsstationen zu überwachen?

»Worauf warten Sie, gehn Sie bitte weiter . . .«

»Entschuldigung . . .«

Er schloß sich den anderen an. Der Junge blieb an seinem Platz stehen, eine unangezündete Zigarette im Mundwinkel, wie Gino.

Das Flugzeug hob ab. Nach einer halben Stunde, in der sie die Wolkenkratzer von New York in niedriger Höhe überflogen, servierte die Stewardess den Imbiß. In Washington auszusteigen erschien ihm zwecklos. Dort hatte er gearbeitet. Wenn sich in der Menge, die sich vor den Schranken des Rollfeldes drängte, jemand befand, der ihm auf die Fersen gesetzt worden war, so konnte er ihn unmöglich erkennen.

Er schlief ein. Als er wieder aufwachte, bot die Stewardess gerade Tee an. Er trank eine Tasse, der Magen drehte sich ihm um.

»Wann sind wir in Nashville?«

»Ungefähr in zwei Stunden.«

Sie flogen sehr hoch, weit über einer leuchtenden Wolkenmasse, durch deren Risse manchmal das

Grün der Ebene oder das Weiß der Bauernhäuser zu sehen waren.

Er war schon öfters durch Nashville gekommen, aber immer nur für ein paar Minuten Zwischenaufenthalt, mit der Bahn oder mit dem Flugzeug, nie hatte er den Landeplatz oder den Bahnhof verlassen.

Von der Organisation gab es dort niemand. Nashville war eine friedliche Stadt, wo es nicht viel zu holen gab und die man den ansässigen Gangstern überließ.

Warum also nicht hier aussteigen? Es gab Züge und Flugzeuge in alle Richtungen. Aber was dann? Die Bosse wußten inzwischen, daß er ein Ticket nach El Centro genommen hatte. Dort wurde er erwartet. Ob er mit diesem Flugzeug oder auf anderem Wege ankam, sie würden ihn nicht verfehlen.

Sie waren ebenso gerissen wie er und unendlich viel mächtiger. Nie hatte Eddie versucht, sie zu hintergehen. Das war seine Stärke. Auf dieser Basis hatte er seine Position aufgebaut. Hatte er nicht schon mit sechzehn, in einem Alter, in dem die meisten versuchten, den wilden Mann zu spielen, von den Gesetzen gesprochen, auf seinem Mondscheinspaziergang mit Fasoli?

Er ertappte sich dabei, auf Tony böse zu sein, denn schließlich hatte er ihn ja in diese schlimme Lage gebracht. Eddie war immer überzeugt davon gewesen, daß er seine Brüder liebte. Tony noch mehr als Gino, weil er sich weniger verschieden von ihm fühlte.

Aber er liebte ja auch seine Mutter, und doch hatte er am Abend vorher nichts empfunden, als er ihr gegenübersaß. Es hatte sich kein Kontakt zwischen ihnen eingestellt. Fast hatte er sie gehaßt, wegen der Art, wie sie ihn heimlich beobachtete.

Er hatte sich noch nie so einsam gefühlt. Selbst Alice verlor an Wirklichkeit. Kaum gelang es ihm, sie sich in ihrem gemeinsamen Haus vorzustellen, sich einzureden, daß dieses Haus das seine war, daß er jeden Morgen von den Amseln geweckt wurde, die auf dem Rasen umherhüpften, und von Babes Gezwitscher.

Wohin gehörte er? In Brooklyn hatte er sich nicht zu Hause gefühlt. Und dennoch bekam er in Florida leises Heimweh, wenn er auch nur einen Namen von dort hörte. Wenn er Boston Phil mißtraute, wenn er eher Abneigung gegen ihn empfand, so deshalb, weil er nicht aus Brooklyn stammte. Phil hatte seine Kindheit nicht in denselben Straßen verlebt, auf dieselbe Art und Weise, er hatte nicht dieselben Gerichte gegessen, nicht dieselbe Sprache gesprochen.

Eben das war es: Boston Phil war anders, er kam von anderswoher.

Auch wenn er heute ein Boss war, stand ihm Sid Kubik näher, und sogar dieser rothaarige Bursche von Joe. Also warum wich er ihnen aus?

Warum klammerte er sich an die Bilder von Florida?

Am beunruhigendsten war, daß beide Pole, der eine wie der andere, ins Wanken gerieten, so daß er sich auf nichts mehr stützen konnte.

Er war ganz allein in seinem Flugzeug, ein Fremder, wenn nicht gar ein Feind, wo immer er landen würde.

Er stieg nicht aus in Nashville. Auch in Tulsa stieg er nicht aus. Er sah nur auf die nächtlich beleuchtete Stadt. Er gab es auf nachzugrübeln und verschob jegliche Entscheidung auf später. Der Himmel war einheitlich dunkelblau, übersät von Sternen, die von weit her ironisch funkelten.

Er schlief ein wenig. Das morgendliche Dämmerlicht weckte ihn, um ihn herum schliefen noch fünfzehn oder zwanzig Personen. Eine Frau stillte ihr Baby und sah ihn herausfordernd an. Warum? Sah er aus wie ein Mann, der verstohlene Blicke auf die Brust von stillenden Müttern warf?

Unter der Maschine dehnte sich eine endlose rotbraune Ebene, aus der goldene Berge mit einigen leuchtend weißen Flecken aufstiegen.

»Kaffee? Tee?«

Er nahm Kaffee. In Tucson stieg er aus dem Flugzeug, um ein kleineres nach El Centro zu nehmen; er stellte seine Uhr nach der im Flughafen, die Differenz betrug bereits drei Stunden. Die meisten Männer trugen große helle Cowboy-Hüte und enganliegende Hosen. Viele sahen wie Mexikaner aus.

»Hallo, Eddie!«

Er fuhr zusammen. Jemand hatte ihm auf die Schulter geklopft. Er versuchte sich an den Namen des Mannes zu erinnern, der ihm die Hand hinstreckte und ihn fröhlich anlächelte, aber er fiel ihm nicht ein. Irgendwoher kannte er ihn, nicht aus Brooklyn, eher aus dem Mittelwesten, aus Saint Louis oder aus Kansas City. Wenn er sich recht erinnerte, war er damals Barmixer in einem Nightclub.

»Gute Reise gehabt?«

»Geht so.«

»Ich hab erfahren, daß du hier durchkommst, und da wollt ich dir guten Tag sagen.«

»Danke.«

»Ich wohne zehn Meilen von hier, da hab ich 'n Lokal. Läuft nicht schlecht. Sind da alle vom Spielteufel besessen.«

»Wer hat dir gesagt . . .«

Er hätte es gern zurückgenommen. Wozu diese Frage stellen?

»Weiß ich nicht mehr. Du weißt ja, es wird viel geklatscht, und man schnappt hie und da was auf. Heut nacht hat jemand beim Spielen über dich und deinen Bruder gesprochen.«

»Über welchen?«

»Über den, der . . .«

Nun biß sich der Mann auf die Lippen. Hatte er sagen wollen: ». . . der Dummheiten gemacht hat«?

Er fand eine Formulierung:

». . . der kürzlich geheiratet hat.«

Jetzt fiel ihm der Name wieder ein: Der Mann hieß Bob und hatte in Saint Louis im Liberty gearbeitet, das damals Stieg gehörte.

»Überflüssig, dich in die Bar im Flughafen einzuladen. Da gibt's nur Soda und Kaffee. Ich hab gedacht, du freust dich vielleicht, wenn ich dir . . .«

Er drückte ihm eine flache Whiskyflasche in die Hand.

»Danke.«

Er würde nichts davon trinken. Die Flasche war warm vom Körper seines Begleiters. Aber es war besser, nicht abzulehnen.

»Du hast es in Santa Clara offenbar zu was gebracht?«

»Ja, läuft ganz gut.«

»Und die Polizei?«

»Korrekt.«

»Genau das, was ich ihnen immer sage. Das wich-
tigste ist, daß . . .«

Eddie hörte nicht mehr zu, er nickte nur zustimmend mit dem Kopf. Er war erleichtert, als endlich
die Passagiere zum nächsten Flugzeug gerufen
wurden.

»Hat mich gefreut, dir die Hand drücken zu können. Wenn du wieder durchkommst, besuch mich.«

Es standen nur noch zwei Zwischenlandungen bevor: in Phoenix und in Yuma. Dann würde das Flugzeug in El Centro landen. Bobs Hand war feucht von
Schweiß. Er lächelte immer noch. Ein wenig später
würde er sicher ans Telefon stürzen.

»Viel Glück!«

Sie flogen fast nur über Wüste. Dann kamen ohne
Übergang, nach einer scharfen Trennungslinie, von
Kanälen durchzogene Felder mit hellen Häusern, die
alle in derselben Richtung standen.

Sie folgten einer Landstraße, auf der in einer langen Schlange Lastwagen unaufhörlich Gemüsekisten
in die Stadt fuhren. Schmälere Nebenstraßen stießen
auf die Hauptader, von der leere Fahrzeuge in die
umgekehrte Richtung wieder davonfuhren, und so
sah das Ganze aus wie ein Ameisenhaufen.

Am liebsten wäre es Eddie gewesen, wenn die Maschine nicht gelandet wäre, wenn sie bis zum Pazifik

weitergeflogen wäre, der nur noch eine Flugstunde entfernt war.

»Bitte anschnallen«, befahl die Leuchttafel.

Er machte seine Gurten zu, und fünf Minuten später, als die Räder die Betonpiste berührten, machte er sie wieder auf. Ein bekanntes Gesicht sah er nicht. Es klopfte ihm auch niemand auf die Schulter. Männer und Frauen standen herum und warteten auf Angehörige oder auf das nächste Flugzeug. Pärchen umarmten sich. Ein Vater ging mit zwei Kindern an der Hand zum Ausgang, während seine Frau hinter ihm hermarschierte und vergeblich versuchte, ihm etwas zu sagen.

»Kofferträger, Mister?«

Er überließ dem Neger seinen Koffer.

»Taxi?«

Es war heißer als in Florida, eine andere, leuchtendere Hitze, die Sonne brannte einem in den Augen.

Er nahm das nächstbeste Taxi und gab sich die ganze Zeit über Mühe, einen ruhigen und gleichgültigen Eindruck zu machen, denn er war sicher, daß man ihn beobachtete.

»Zum Hotel.«

»Zu welchem?«

»Ins beste.«

Das Auto fuhr los, er schloß seufzend die Augen.

6

In dieser Nacht hatte er den bedrückendsten Traum seines Lebens. Er hatte selten Alpträume. Wenn von Zeit zu Zeit einer auftauchte, so war es immer derselbe: Er erwachte, ohne zu wissen, wo er war, inmitten von Leuten, die er nicht kannte und die ihn nicht beachteten. Für sich selbst nannte er ihn den Traum des verlorenen Mannes. Denn natürlich erzählte er niemandem davon.

Dieser Traum hier stand in keiner Beziehung zu den anderen. Im Hotel angekommen, hatte er sich mit einem Mal sehr müde gefühlt. Es schien ihm, als sei die ganze Wüstensonne durch seine Poren gedrungen, und er hatte sich hingelegt, ohne auf den Abend zu warten; auch zum Essen ging er nicht hinunter. Das Hotel El Presidio, in dem er untergebracht war, das beste am Ort, wie ihm der Chauffeur versichert hatte, erinnerte leicht an maurischen Baustil. Das ganze Stadtzentrum schien von den Spaniern erbaut, die Häuser hatten einen ockergelben, von der Sonne verbrannten Putz.

Tausend Geräusche drangen von der Hauptstraße zu ihm herauf, er hatte kaum je eine so lärmerfüllte Straße erlebt, nicht einmal in New York. Trotzdem sank er fast augenblicklich in Schlaf. Vielleicht hatte er noch andere Träume; in seinem Körper schwangen noch die Bewegungen des Flugzeugs nach, und er träumte sicher auch vom Fliegen, aber dieser Traum löste sich auf, er erinnerte sich beim Aufwachen nicht mehr an ihn. Dagegen erinnerte er sich bis in die kleinsten Einzelheiten an den Traum mit Tony. Dieser Traum hatte auch noch die Besonderheit, daß er in Farbe war, wie manche Filme, und nur zwei Personen waren schwarzweiß, Tony und sein Vater.

Der Traum begann eindeutig in Santa Clara, in seinem Haus, das er Sea Breeze getauft hatte. Er ging morgens im Pyjama hinaus zum Gehsteig, um die Post aus dem Briefkasten zu holen. In Wirklichkeit ging er fast nie hinaus, wenn er noch nicht angezogen war. Vielleicht war es zwei- oder dreimal der Fall gewesen, wenn er spät aufgestanden war, und dann hatte er immer einen Morgenmantel angezogen.

In seinem Traum lag im Briefkasten etwas sehr Wichtiges. Er mußte unverzüglich hingehen. Auch Alice war dieser Meinung. Sie hatte ihm sogar noch zugeflüstert:

»Du solltest deinen Revolver mitnehmen.«

Er hatte ihn aber nicht mitgenommen. Das Wichtige, das sich im Briefkasten befand, war sein Bruder Tony.

Merkwürdig war, daß er in diesem Augenblick sehr wohl wußte, daß das unmöglich war und daß es nur ein Traum sein konnte. Der silbrige Metallkasten mit seinem Namen darauf, der aussah wie alle amerikanischen Briefkästen, war ja kaum größer als eine Zeitung. Und dann war es vorerst noch gar nicht Tony, den er vorfand, sondern eine graue Gummipuppe, die er, wie ihm wieder einfiel, mit vier oder fünf Jahren einem kleinen Mädchen aus der Nachbarschaft weggenom-

125

men hatte. Er hatte sie tatsächlich gestohlen. Und zwar nur um des Stehlens willen, es lag ihm gar nichts an der Puppe. Er hatte sie dann lange in einer Schublade in seinem Zimmer aufgehoben. Vielleicht lag sie noch in der Kiste, in der seine Mutter die Spielsachen ihrer drei Söhne aufbewahrte . . .

Er wußte also im Traum, um welchen Gegenstand es sich handelte. Er hätte sogar noch den Namen des kleinen Mädchens nennen können. Der Diebstahl war kein Spaß gewesen, es war ein Diebstahl um des Diebstahls willen; er glaubte, es sei notwendig.

Nun vollzog sich eine Verwandlung. Ganz übergangslos war die Puppe keine Puppe mehr, sondern sein Bruder Tony, und das überraschte ihn gar nicht, er hatte bereits damit gerechnet.

Tony war aus demselben schwammigen Stoff wie die Puppe, ebenso mattgrau, und es war klar, daß er tot war.

»Du hast mich getötet!« sagte er lächelnd.

Nicht zornig. Nicht bitter. Er sagte das, ohne den Mund zu öffnen. Er sprach nicht wirklich. Es war keine richtige Stimme wie in der Wirklichkeit, aber Eddie konnte die Worte verstehen.

»Ich bitte dich um Verzeihung«, antwortete er, »komm rein.«

Jetzt stellte er fest, daß sein Bruder nicht allein war. Er hatte ihren Vater als Zeugen mitgenommen. Der Vater war aus derselben schwammigen Masse, und auch er hatte ein sehr sanftes Lächeln.

Eddie fragte ihn, was es Neues gäbe, und sein Vater schüttelte den Kopf, ohne zu antworten. Tony sagte:

»Du weißt doch, daß er taub ist.«

Das war vielleicht das Beunruhigendste an diesem Traum. Er war sich dessen bewußt und stellte nebenbei sogar noch sehr klare Überlegungen darüber an.

Nie hatte ihre Mutter ihnen verraten, daß der Vater taub war, auch sonst im Viertel wußte es niemand. Vielleicht hatte es nie jemand bemerkt. Jetzt war Eddie jedenfalls beinahe sicher, eine Entdeckung gemacht zu haben. Er erinnerte sich an seinen Vater als an einen friedlichen Mann, der den Kopf zur Schulter geneigt hielt und ein seltsames inneres Lächeln auf den Lippen hatte. Er sprach fast nie, er arbeitete von morgens bis abends, mit unermüdlicher Geduld, als wäre es seine Berufung, als wäre ihm nie der Gedanke gekommen, daß er auch etwas anderes machen könnte.

Seine Mutter hätte ihm sicher entgegengehalten, das sei nur eine Kindheitserinnerung, ihr Mann sei nicht anders gewesen als alle anderen auch, aber er war überzeugt, daß er im Recht war.

Cesare Rico lebte in einer eigenen Welt, und erst jetzt, nach so vielen Jahren, gab ein Traum seinem Sohn die Erklärung dafür: Er war taub.

»Gehn wir rein . . .« sagte Eddie, dem es unangenehm war, daß er im Schlafanzug dastand.

Mit einem Mal veränderte sich die Szenerie. Sie gingen alle drei in ein Haus, aber es war nicht das weiße Haus in Santa Clara. Innen befanden sie sich in der Küche in Brooklyn. Die Großmutter saß in ihrem Sessel, der Chianti stand auf dem Tisch.

»Ich bin dir nicht böse«, sagte Tony, »es ist nur schade!«

Es kam ihm der Gedanke, daß er ihm etwas zu

trinken anbieten könnte. Das war so üblich zu Hause, daß dem Besucher ein Glas Wein angeboten wurde. Aber es fiel ihm rechtzeitig ein, daß Tony und sein Vater tot waren und sicher nichts trinken konnten.

»Setzt euch.«

»Du weißt doch, daß Vater sich nie hinsetzt.«

Als der Vater noch lebte, setzte er sich selten hin, nur zum Essen, aber im Traum hatte das eine höhere Bedeutung, es hing mit seinem Wesen zusammen, mit der Rolle, die er spielte. Er durfte sich nicht hinsetzen, darin bestand seine Würde.

»Worauf wartet ihr, warum fangt ihr nicht an?« sprach eine Stimme.

Es war die Stimme seiner Mutter. Sie saß da und schlug mit einem Löffel auf den Tisch, um die Aufmerksamkeit auf sich zu lenken.

»Eddie hat seinen Bruder umgebracht!« sagte sie laut.

Und Tony flüsterte:

»Vor allem tut es weh.«

Er hatte sich verjüngt. Seine Haare waren gewellter, eine Locke fiel ihm in die Stirn, wie damals, als er zehn Jahre alt war. War er vielleicht wieder zehn Jahre alt? Er war sehr schön. Er war immer der schönste von den drei Brüdern gewesen, das wußte Eddie noch. Sogar jetzt, obwohl er aus dieser trübgrauen, schwammigen Masse war, wirkte er noch verführerisch.

Eddie versuchte nicht zu widersprechen. Er wußte, daß es stimmte, was seine Mutter gesagt hatte. Er versuchte sich daran zu erinnern, wie das gekommen war, aber es gelang ihm nicht. Und er konnte nicht

fragen: »Wie habe ich dich getötet?« Das wäre un-
schicklich gewesen.

Und doch war das das Entscheidende. Wenn er es
nicht wußte, konnte er nichts dazu sagen. Ihm war
sehr heiß, er spürte, wie der Schweiß seine Stirn
hinunter und in seine Wimpern lief. Er griff in die
Tasche, um sein Taschentuch herauszuholen, aber er
zog eine flache Whiskyflasche heraus.

»Das ist der Beweis!« triumphierte seine Mutter.

Er stotterte:

»Ich hab nichts davon getrunken.«

Er wollte ihr zeigen, daß die Flasche ebenso voll
war, wie sie ihm der Mann in Tucson in die Hand
gedrückt hatte, aber er brachte den Stöpsel nicht
heraus. Die Großmutter warf ihm einen ironischen
Blick zu. Auch sie war taub. Vielleicht lag das in der
Familie; vielleicht würde auch er einmal taub
werden?

»So läuft eben das Gesetz!«

Tony bestätigte das. Er stand eher auf seiner Seite.
Auch sein Vater. Alle andern aber, und auch die
ganze Menschenmenge, waren gegen ihn. Denn da
war eine Menschenmenge. Die Straße war voll mit
Menschen, als wäre ein Aufstand ausgebrochen. Sie
drängelten sich, um ihn zu sehen. Sie sagten:

»Er hat seinen Bruder getötet!«

Er wollte etwas zu ihnen sagen, ihnen erklären,
daß Tony mit ihm einverstanden war und auch sein
Vater. Aber kein Ton kam aus seinem Mund. Boston
Phil grinste höhnisch. Sid Kubik brummte vor sich
hin:

»Ich habe mein möglichstes getan, weil deine Mutter mir damals das Leben gerettet hat. Mehr kann ich nicht tun.«

Das Schlimme war, daß sie behaupteten, er sei ein Lügner, Tony sei gar nicht da. Und auch er selbst, der um sich blickte und ihn suchte, sah ihn jetzt nicht mehr.

»Sag ihnen, Tony, daß . . .«

Auch sein Vater war nicht mehr da. Die drohende Menge verschwand langsam, sie löste sich auf und ließ ihn allein zurück. Die Straße war nicht mehr da, auch die Küche nicht. Nichts mehr war da als Leere, ein riesiger leerer Platz, und mitten darauf stand er, hatte die Arme erhoben und schrie um Hilfe.

Er erwachte in Schweiß gebadet. Es war Tag. Er dachte, er hätte vielleicht ein paar Minuten geschlafen, aber als er zum Fenster ging, sah er, daß die Straße leer war. Das Licht kam vom dämmernden Morgen. Er trank ein Glas Eiswasser und schaltete die Klimaanlage ein, da es sehr heiß war.

Er verspürte das Bedürfnis nach einer Tasse starkem Kaffee und telefonierte nach unten, bekam aber zur Antwort, die Kellner kämen erst um sieben Uhr. Es war fünf. Er wagte es nicht, sich noch einmal hinzulegen. Am liebsten hätte er seine Frau angerufen, um sie zu beruhigen. Aber dann sagte er sich, daß sie erschrekken würde, wenn sie um diese Zeit geweckt würde. Erst als er auf der Straße war, fiel ihm ein, daß es dumm von ihm gewesen war; in Florida war es ja drei Stunden später. Die älteren Töchter waren schon in der Schule, Alice frühstückte gerade.

In der Hotelhalle war niemand, der so aussah, als würde er ihn beobachten. Nur der Portier sah ihm etwas überrascht nach, als er wegging. Niemand folgte ihm, als er die von Arkaden gesäumte Hauptstraße entlangging.

Es gab zahlreiche Bars, Restaurants und Cafeterias, aber er mußte eine halbe Stunde laufen, bis er etwas ausfindig gemacht hatte, wo geöffnet war. Es war ein billiger Laden, ähnlich dem von Fasoli, mit der gleichen Theke, den gleichen elektrischen Herden, dem gleichen Geruch.

»Einen Schwarzen.«

Er war allein mit dem noch ganz verschlafenen Besitzer. Hinter ihm an der Wand standen vier Spielautomaten.

»Und was sagt die Polizei dazu?«

»Sie beschlagnahmt sie einmal alle halbe Jahre.«

Er kannte das. Ein paar Razzias beruhigten die Sittenvereine. Die Automaten wurden angeblich vernichtet. Ein paar Wochen später tauchten sie dann in anderen Lokalen wieder auf.

»Läuft das Geschäft?«

»Enorm.«

»Wird gespielt?«

»In fast allen Bars gibt's *crap-games*. Die Typen wissen nicht, wohin mit ihrem Geld!«

Der Kaffee tat ihm gut, und er bestellte Eier mit Schinken. Ganz allmählich beruhigte er sich und wurde wieder er selbst. Der Wirt hatte gemerkt, daß er ein Mann war, mit dem man reden konnte.

»El Centro ist voll im Boom. Es fehlt an Arbeitskräften. Die Leute kommen von überallher. Sie müssen Wohnwagen kaufen oder mieten, weil man nicht weiß, wo man sie unterbringen soll. Vor allem die Neuankömmlinge arbeiten bei der Gemüseernte, manchmal zwölf bis dreizehn Stunden am Tag. Die ganze Familie läßt sich einstellen, der Vater, die Mutter, die Kinder. Die Arbeit ist hart, wegen der stechenden Sonne, aber man braucht keinen Grips dazu. Trotzdem werden sie mit dem Abernten nicht fertig und müssen Schwarzarbeiter aus Mexiko holen. Die Grenze ist nur zehn Meilen weit.«

Sollte Eddie den Namen nennen? Denn er hatte sich wieder erinnert, wie der Sohn von Josephina hieß. Im Flugzeug war ihm der Name unwillkürlich wieder eingefallen. Vielleicht wäre er ihm lieber nicht eingefallen. Er wußte nur, daß der Name einem Frauennamen ähnelte.

Er hatte die Augen geschlossen und döste vor sich hin, als die Silben wie eine Schrift vor seinen Augen vorbeizogen: »Felici«.

Marco Felici. Außer dem Wirt und ihm war niemand in der Cafeteria. Die ersten Autos fuhren auf der Straße vorbei. In einiger Entfernung arbeiteten Leute in einer Garage.

»Kennen Sie einen Marco Felici?«

»Was macht er?«

»Gemüseanbau.«

Der Mann begnügte sich damit, auf das Telefonbuch zu zeigen, das auf einem Wandbrett neben dem Telefon lag.

»Sie finden ihn sicher da drin.«

Er blätterte das Buch durch. Der Name stand nicht unter El Centro, sondern unter einem kleinen Dorf in der Umgebung namens Aconda.

»Ist es weit?«

»Sechs bis sieben Meilen in Richtung auf den großen Kanal zu.«

Ein Mechaniker aus der Garage kam herein, um zu frühstücken, und eine Frau; ihre Schminke war verwischt, anscheinend hatte sie nicht geschlafen. Er zahlte, verließ das Lokal und blieb auf dem Gehsteig stehen; er wußte nicht, was er tun sollte.

Er wäre weniger unruhig gewesen, wenn er jemand bemerkt hätte, der ihn überwachte. Es mußte einfach jemand da sein. Warum ließ man ihn kommen und gehen, ohne sich um ihn zu kümmern?

Ein Gedanke beschäftigte ihn: Sie hatten einen guten Tag Vorsprung. Seit er Nashville verlassen hatte, wußten sie, daß er nach El Centro unterwegs war. Es gab hier sicher jemanden, von dem sie sicher sein konnten, daß er Tonys Spur fand.

Die Spur Felici kannten sie nicht, aber die war auch nicht unbedingt erforderlich: Tony fuhr einen Lieferwagen und hatte eine junge Frau bei sich; er mußte sich irgendwo in einem Motel oder einem Wohnwagen eingemietet haben.

Sicher war es nicht. Es war nur eine Vermutung. Was würde geschehen, wenn sie ihn gefunden hatten?

Warteten sie ab, was er, Eddie, tun würde? Verdächtigte ihn Phil, daß er kneifen wollte?

Er kehrte ins Hotel zurück und legte sein Jackett ab. Hier trug niemand ein Jackett. Zwei- bis dreimal griff er zum Telefon. Sein Traum verfolgte ihn, er hinterließ eine unangenehme Leere in seinem ganzen Körper.

Endlich nahm er den Hörer ab und ließ sich mit dem Hotel Excelsior in Miami verbinden. Es dauerte fast zehn Minuten, der Hörer wurde warm in seiner Hand.

»Ich möchte mit Mister Kubik sprechen.«

Er nannte die Nummer des Appartements.

»Mister Kubik ist nicht mehr im Hotel.«

Er wollte auflegen.

»Aber sein Freund, Mister Philippe, ist noch da. Soll ich ihn Ihnen geben? Wer ist am Apparat?«

Er brummte seinen Namen, dann hörte er die Stimme von Boston Phil.

»Habe ich Sie geweckt?«

»Nein. Hast du ihn gefunden?«

»Noch nicht. Ich bin in El Centro. Ich bin gar nicht sicher, daß er hier in der Gegend ist, aber . . .«

»Aber was?«

»Mir ist was eingefallen. Wenn nun der FBI, der ihn ja auch sucht, sich auf seine Fährte gesetzt hat . . .«

»Hast du den Schwiegervater gesehn?«

»Ja.«

»Bist du in Brooklyn gewesen?«

»Ja.«

Anders ausgedrückt, er hatte sich an Orten aufgehalten, wo ihn die Polizei finden und weiterverfolgen konnte.

»Gib mir deine Telefonnummer. Unternimm nichts, bevor ich dich wieder anrufe.«

»In Ordnung.«

Er las die Nummer vom Apparat ab.

»Ist dir jemand aufgefallen?«

»Ich glaub nicht.«

Phil würde gewiß bei Kubik oder einem der anderen Bosse rückfragen. Nach der Zeugenaussage von Pieter Malaks mußte die Polizei sehr interessiert daran sein, Tony zu schnappen. Die Reisen seines Bruders Eddie waren vermutlich nicht unbemerkt geblieben.

Für den Augenblick konnte er weiter nichts tun als warten. Er wagte nicht einmal, in die Halle hinunterzugehen, aus Angst, der Page würde ihn dann vielleicht nicht finden, wenn Phil anrief. Aus demselben Grund rief er auch Alice nicht an. Er könnte während des Gesprächs verlangt werden. Und Phil würde glauben, daß er das absichtlich tat. Eddie war überzeugt, daß sie ihn verdächtigten, er wolle ihnen entwischen. Es war nicht unbedingt so, aber er dachte seit Miami daran.

Vielleicht war sein Bruder Gino irgendwo in der Stadt. Er war nach San Diego gereist. Nicht mit dem Flugzeug, sondern mit dem Bus. Das dauert mehrere Tage. Nach grober Berechnung schloß Eddie, daß sein Bruder wohl am Tag zuvor durch El Centro gekommen war oder heute durchkommen würde.

Er hätte ihn gern gesehen. Vielleicht war es aber auch besser, wenn er ihn nicht sah. Er konnte nicht abschätzen, wie Gino reagieren würde. Sie waren zu verschieden. Ungeduldig ging er im Zimmer auf und ab.

»Immer noch kein Gespräch für mich, Fräulein?«

»Nein, keins.«

Sid Kubik war doch in Florida. In dieser Jahreszeit verbrachte er gewöhnlich mehrere Wochen da. Die Tageszeit war dort bereits vorgerückt. War er mit dem

Auto unterwegs? War er vielleicht an irgendeinem Strand zum Baden?

Oder wollte er nicht allein die Verantwortung für eine Entscheidung übernehmen? In diesem Fall rief er in New York an, vielleicht auch in Chicago.

Die Angelegenheit war ernst. Ein Zeuge wie Tony – wenn Tony wirklich entschlossen war zu reden – brachte die ganze Organisation in Gefahr. Vince Vettori war zu wichtig, er durfte auf keinen Fall vor den Richter kommen.

Seit Jahren suchte der Staatsanwalt wie besessen nach einem Zeugen. Zweimal wäre es ihm beinahe gelungen, einen aufzutreiben. Einmal den kleinen Charlie, der ebenfalls Chauffeur gewesen war; da war er dem Erfolg ganz nahe gewesen. Charlie wurde verhaftet. Vorsichtshalber wurde er nicht in ein Gefängnis gebracht, da hätte ihn ein Mitgefangener endgültig zum Schweigen bringen können. So etwas kam vor. Albert le Borgne war fünf Jahre zuvor während des Spaziergangs erwürgt worden, ohne daß die Wächter es gemerkt hatten.

Charlie wurde ganz im geheimen in die Wohnung eines Polizisten gebracht, wo ihn Tag und Nacht vier bis fünf Leute bewachten. Trotzdem hatte es ihn erwischt. Er wurde im Zimmer des Bullen vom gegenüberliegenden Dach aus durch eine Kugel umgelegt.

Es war normal, daß sie sich verteidigten. Eddie verstand das. Auch wenn es um seinen Bruder ging.

Und es war sehr kompliziert, das wußte er. Die Polizei von Brooklyn konnte hier in Kalifornien nichts unternehmen. Der FBI hatte grundsätzlich keinerlei rechtliche Handhabe, wenn es sich nicht um ein Verbrechen auf Bundesebene handelte.

Auf die Morde an Carmine und an dem Zigarrenhändler traf das nicht zu. Die gingen nur den Staat New York etwas an. Es hätte lediglich der Fall sein können, daß zum Beispiel in einem anderen Staat ein gestohlener Wagen benutzt worden war. Aber diejenigen, die die beiden Coups organisiert hatten, waren dazu zu schlau.

Die Bundesbehörden konnten nur versuchen, Tony, wenn sie ihn erwischt hatten, anzuklagen, weil er den Lieferwagen gestohlen und ihn nach Kalifornien gebracht hatte. Vielleicht würden sie es schaffen, Tony in den Staat New York zu bringen, bevor der alte Malaks unterrichtet war.

Es gab noch andere Lösungen. In seinem Kopf verwirrten sich die Gedanken. Er konnte es kaum erwarten, daß das Telefon klingelte und ihn am weiteren Nachgrübeln hinderte.

Er fuhr zusammen, als an die Tür geklopft wurde, schlich sich auf Zehenspitzen heran und riß die Tür mit einem Ruck auf. Es war nur das Zimmermädchen. Sie fragte, ob sie sein Zimmer aufräumen könne.

Gewiß, manchmal störten die Zimmermädchen einen Reisenden, wenn er sich zu lange in seinem Zimmer aufhielt. Es war aber auch möglich, daß »sie« sich versichern wollten, daß Eddie immer noch da war.

»Sie«, das konnten jetzt ebenso die Leute von der Organisation sein wie von der Polizei, vom FBI oder vom Staat.

Eddie hatte nahezu vierzehn Stunden geschlafen,

und doch fühlte er sich nicht ausgeruht. Er hätte einige Stunden Ruhe gebraucht, um nicht so sprunghaft, nervös und verworren nachzudenken wie jetzt, sondern um kaltblütig zu überlegen, wie es sonst seine Gewohnheit war.

Es war seltsam, daß er von seinem Vater geträumt hatte. Er tauchte selten in seiner Erinnerung auf. Er hatte ihn kaum gekannt. Und doch kam es ihm so vor, daß es zwischen ihm und Cesare Rico mehr Gemeinsamkeiten gab als zwischen seinen Brüdern und dem Vater.

Er sah ihn vor sich, wie er im Laden bediente, immer friedlich, ein klein wenig feierlich, so schien es, aber Feierlichkeit war es nicht. Eine Atmosphäre von Ruhe verbreitete sich um ihn her.

Auch Eddie war ein ruhiger Mensch. Und wie sein Vater blieb er den ganzen Tag allein mit seinen Gedanken. War es schon einmal vorgekommen, daß er seiner Frau etwas anvertraut hatte? Ein- oder zweimal vielleicht, und dann waren es Dinge ohne große Bedeutung gewesen. Nie hatte er seinen Brüdern oder sogenannten Freunden etwas anvertraut.

Auch lachte sein Vater nie, er lächelte nur vage und zerstreut, wie auch Eddie es gewöhnlich tat.

Sie waren beide ihren Weg gegangen, ohne sich umzusehen, starrköpfig; sie hatten ein für allemal festgelegt, wie das Leben auszusehen hatte.

Es war schwer, genau zu sagen, wie es bei seinem Vater gewesen war. Cesare Rico hatte wahrscheinlich seine Entscheidung getroffen, als er Julia Massera kennenlernte. Sie war stärker als er. Und ganz offensichtlich führte sie das Kommando zu Hause wie im Geschäft. Er hatte sie geheiratet, und Eddie hatte nie ein lautes Wort oder eine Klage von ihm gehört.

Eddie hatte sich für die Organisation entschieden, er spielte ihr Spiel, hielt sich an ihre Gesetze und überließ es anderen, aufzumucken oder krumme Touren zu drehen.

Worauf wartete Phil, warum rief er nicht an? Eddie hatte keine Zeitung. Es fiel ihm auch nicht ein, sich eine bringen zu lassen. Er mußte allein sein.

Auf der Straße hatte der Lärm wieder eingesetzt. Autos parkten auf den Gehsteigen, ein Polizist regelte nur mit Mühe den Verkehr. Es war nicht wie in Florida oder wie in Brooklyn. Hier gab es Autos der verschiedensten Baujahre, uralte und nagelneue, hochrädrige Fords, die nur noch in entlegenen Gegenden zu sehen waren, die Motorhaube war mit Bindfäden festgebunden, und glänzende Cadillacs, auch kleine Lieferwagen und Motorräder; und Menschen aller Rassen, viele Neger und noch mehr Mexikaner.

Das Telefon klingelte. Er stürzte sich auf den Apparat.

»Hallo?«

Es klingelte immer noch. Er hörte die fernen Stimmen der Telefonistinnen, dann endlich war Boston Phil da.

»Eddie?«

»Ja.«

»Alles o.k.«

»Was?«

»Du sprichst mit deinem Bruder.«

»Und wenn die Polizei . . .?«

»In jedem Fall ist es besser, wenn wir zuerst da sind. Sid will, daß du mich anrufst, sobald du ihn gefunden hast.«

Eddie machte den Mund auf, ohne zu wissen, was er sagen sollte, aber er kam auch gar nicht dazu, etwas zu sagen, denn Phil hatte bereits aufgelegt.

Er wusch sich Gesicht und Hände, um frisch zu werden, wechselte das Hemd, setzte seinen Hut auf und begab sich zum Aufzug. Die Whiskyflasche hatte er unberührt auf dem Tisch stehen lassen. Er wollte nichts trinken, er hatte keinen Durst. Obwohl seine Kehle wie ausgetrocknet war, zündete er sich eine Zigarette an.

In der Halle waren Leute, aber er blickte sich nicht um. Vor der Eingangstür standen mehrere Taxis. Ohne lang zu suchen, stieg er in das erstbeste.

»Aconda«, sagte er und ließ sich auf den von der Sonne durchglühten Sitz fallen.

Am Stadtrand konnte er die Motels sehen, von denen man ihm heute morgen erzählt hatte, und die Wohnwagen, die in den öden Landstrichen richtige Siedlungen bildeten. Wäsche trocknete auf der Leine, Frauen in Shorts, dicke und dünne, machten im Freien auf Kochern das Essen.

Dann kamen die ersten Felder. In den meisten standen Männer und Frauen in Reihen über den Boden gebeugt und pflückten, dahinter kamen Lastwagen, die sich zusehends füllten.

Die meisten Häuser waren neu. Vor einigen Jahren, bevor der Kanal ausgehoben wurde, war diese Gegend nur eine Wüste, in deren Mitte die spanische Stadt lag. Man baute schnell. Einige begnügten sich mit Baracken.

Das Auto bog nach links in einen Sandweg ein, gesäumt von elektrischen Drähten. Von Zeit zu Zeit bildeten ein paar Häuser einen Weiler.

Aconda war größer. Manche Grundstücke waren recht großflächig, mit Rasen und mit Blumen.

»Zu wem wollen Sie?«

»Zu einem gewissen Felici.«

»Kenn ich nicht. Die Leute wechseln so oft hier!«

Der Chauffeur hielt vor einem Geschäft. Landwirtschaftsgeräte standen davor bis zur Mitte des Gehsteiges.

»Gibt es hier in der Nähe einen Felici?«

Sie bekamen umständliche Auskünfte. Das Taxi verließ den Ort, fuhr wieder durch Felder und hielt dann vor einigen Briefkästen, die am Straßenrand standen. Auf dem fünften stand der Name Felici. Das Haus stand mitten in den Feldern, und in der Ferne zeichnete sich gegen den Horizont eine Reihe von gebückt stehenden Arbeitern ab.

»Soll ich auf Sie warten?«

»Ja.«

Ein kleines Mädchen im roten Badeanzug spielte auf der Veranda. Sie mochte fünf Jahre alt sein.

»Ist dein Vater zu Hause?«

»Er ist da drüben.«

Sie zeigte auf die Männer, die am Horizont standen.

»Und deine Mutter?«

Die Kleine brauchte nicht zu antworten. Eine braungebrannte Frau, nur mit Leinenshorts und einer Art Büstenhalter aus demselben Stoff bekleidet, öffnete die mit einem Moskitonetz verhangene Tür.

»Was ist los?«

»Mrs. Felici?«

»Ja.«

Er erinnerte sich nicht an sie, und sie erinnerte sich auch sicher nicht an ihn. Sie sah nur einen Mann, der Italiener war und vermutlich auch von weit her kam.

Sollte er mit ihr sprechen, oder war es besser, wenn er auf ihren Mann wartete? Er drehte sich um. Niemand war zu sehen. Anscheinend war ihm niemand gefolgt.

»Ich hätt gern eine Auskunft von Ihnen.«

Sie zögerte. Sie hielt immer noch die Tür geöffnet. Dann sagte sie widerwillig:

»Kommen Sie rein!«

Das Zimmer war groß und fast dunkel, die Läden waren geschlossen. In der Mitte stand ein großer Tisch, Spielzeug lag auf dem Boden, in einer Ecke ein Bügelbrett, darauf ein noch eingeschaltetes Eisen und ein ausgebreitetes Männerhemd.

»Setzen Sie sich.«

»Ich heiße Eddie Rico, ich habe Ihre Schwiegermutter gekannt.«

Jetzt erst merkte er, daß sich jemand im Nebenzimmer aufhielt. Etwas bewegte sich. Dann öffnete sich die angelehnte Tür. Zuerst war nur die Gestalt einer Frau zu sehen, die ein helles, geblümtes Kleid trug. Da die Läden in diesem Zimmer nicht geschlossen waren, zeichnete sich die Frau auf einem lichten Hintergrund ab, und durch den Stoff war der Schatten ihrer Beine und Hüften zu erkennen.

Statt einer Antwort drehte sich Mrs. Felici um und rief halblaut:

»Nora!«

»Ja. Ich komme.«

Sie trat ins Zimmer. Eddie sah sie nun ganz. Sie war kleiner, als er beim Besuch bei ihrem Vater und ihrem jüngsten Bruder vermutet hatte, kleiner und zarter.

Ihm fiel sofort auf, daß sie deutlich schwanger war.

»Sie sind Tonys Bruder?«

»Ja. Sie sind seine Frau, nicht wahr?«

Er hatte nicht damit gerechnet, daß es so schnell gehen würde. Er war nicht vorbereitet. Er hatte angenommen, daß er erst mit Felici sprechen würde, und damit gerechnet, daß ihm dieser schließlich mitteilen würde, wo Tony war.

Es verwirrte ihn auch, daß Nora schwanger war. Er selbst hatte drei Kinder, aber er wäre nie auf den Gedanken gekommen, daß auch seine Brüder welche haben könnten.

Sie setzte sich auf eine Bank, legte einen Arm auf den Tisch und musterte ihn aufmerksam.

»Wie kommen Sie hierher?«

»Ich muß mit Tony sprechen.«

»Das habe ich Sie nicht gefragt. Wer hat Ihnen die Adresse gegeben?«

Er hatte nicht die Zeit, eine Antwort zu erfinden.

»Ihr Vater hat mir gesagt . . .«

»Sie sind bei meinem Vater gewesen?«

»Ja.«

»Warum?«

»Um Tonys Adresse zu erfahren.«

»Er kennt sie nicht. Meine Brüder auch nicht.«

»Ihr Vater hat mir erzählt, daß Tony einen alten Lastwagen repariert hat und daß er ihn ihm geschenkt hat.«

Sie war intelligent und aufgeweckt. Sie hatte bereits verstanden und faßte ihn noch schärfer ins Auge.

»Sie haben erraten, daß er hierherkommen würde.«

»Ich hab mich daran erinnert, daß er als Kind mehrere Monate hier verbracht hat und oft von Lastwagen erzählt hat.«

»Sie sind also Eddie.«

Ihr Blick irritierte ihn, er bemühte sich zu lächeln.

»Ich freue mich, Ihre Bekanntschaft zu machen«, stotterte er.

»Was wollen Sie von Tony?«

Sie lächelte nicht und studierte ihn weiterhin mit nachdenklichem Blick, während sich Mrs. Felici in ihrer Ecke ganz klein machte.

Was hatte Tony den Felicis erzählt? Wußten sie Bescheid und hatten ihn trotzdem bei sich aufgenommen?

»Was wollen Sie von ihm?« wiederholte Nora, in einem Ton, der andeutete, daß sie nicht lockerlassen würde.

»Ich habe ihm einiges mitzuteilen.«

»Nämlich?«

»Ich lasse Sie allein . . .« murmelte die Hausfrau.

»Aber nein.«

»Ich muß das Essen machen.«

Sie ging in die Küche und schloß die Tür.

»Was wollen Sie von ihm?«

»Er ist in Gefahr.«

»Weshalb?«

Mit welchem Recht eigentlich sprach sie zu ihm im Ton eines Untersuchungsrichters? Wenn Tony in Gefahr war, wenn er selbst in Schwierigkeiten war, wenn all die Anstrengungen von vielen Jahren auf dem Spiel standen, war es nicht gerade wegen dieses Mädchens?

»Es gibt ein paar Leute, die fürchten, daß er aus-packt«, entgegnete er mit härterer Stimme.

»Wissen diese Leute, wo er ist?«

»Noch nicht.«

»Werden Sie es ihnen sagen?«

»Irgendwann finden sie ihn ja doch.«

»Und dann?«

»Sie werden ihn wahrscheinlich um jeden Preis zum Schweigen bringen wollen.«

»Haben die Sie geschickt?«

Unglücklicherweise zögerte er. Auch wenn er es dann abstritt, sie hatte sich ihr Urteil gebildet.

»Was haben sie zu Ihnen gesagt? Welchen Auftrag haben sie Ihnen erteilt?«

Seltsam. Sie war sehr fraulich, nichts Hartes war in ihren Zügen, im Gegenteil, und noch weniger in den Linien ihres Körpers; und dennoch war in ihr mehr Willenskraft zu spüren als in einem Mann. Vom er-sten Blick an hatte sie Eddie nicht gemocht. Sie wür-de ihn wohl auch weiterhin nicht mögen. Tony hatte ihr gewiß von ihm und von Gino erzählt. Mochte

145

sie Gino lieber? Vielleicht verabscheute sie die ganze Familie außer Tony.

In ihren dunklen Augen war Zorn, ihre Lippen bebten, wenn sie das Wort an ihn richtete.

»Wenn Ihr Bruder nicht zur Polizei gegangen wäre . . .« Nun griff er an, auch er war in Zorn geraten.

»Was sagen Sie da? Sie wagen es zu behaupten, daß mein Bruder . . .«

Sie war aufgestanden und stand ihm nun gegenüber, mit vorstehendem Bauch. Er glaubte, sie würde sich auf ihn stürzen, und an einer schwangeren Frau konnte er sich nicht vergreifen.

»Ja, Ihr Bruder, der, der bei General Electric arbeitet. Er hat der Polizei erzählt, was Sie ihm über Tony gesagt haben.«

»Das ist nicht wahr!«

»Es ist wahr.«

»Sie lügen!«

»Hören Sie . . . beruhigen Sie sich . . . ich schwöre Ihnen . . .«

»Sie lügen!«

Wie hätte er ahnen können, daß er in eine so lächerliche Situation geraten würde? Mrs. Felici hörte wohl hinter der Tür, daß geschrien wurde. Das kleine Mädchen hörte sie auf der Veranda, sie kam zur Tür herein und machte ein verängstigtes Gesicht.

»Was hast du, Tante Nora?«

Nora wurde also im Haus als Familienmitglied betrachtet. Sie sagten sicher auch: Onkel Tony!

»Nichts, mein Liebling. Wir streiten.«

»Wegen was?«

»Wegen Sachen, die du nicht verstehen kannst.«

»Ist der das, mit dem ich nicht sprechen darf?«

Tony und seine Frau hatten den Felicis also alles erzählt. Sie fürchteten, daß jemand käme und nach ihnen fragen würde. Also hatten sie dem Kind einge-schärft, daß, wenn ein Herr käme und Fragen stellte . . .

Er wartete auf Noras Antwort, und sie stieß hervor, wie um sich zu rächen:

»Ja, das ist er . . .«

Sie zitterte am ganzen Leibe.

7

Sie standen noch immer und maßen sich mit Blicken, schweratmend und mit blitzenden Augen, als ein großer Lastwagen, der von den Feldern herkam, quietschend unter der Veranda hielt. Von dort, wo er stand, konnte Eddie nicht durchs Fenster nach draußen sehen, aber er schloß aus Noras ängstlichem Gesichtsausdruck, daß es Tony war.

Vermutlich hatte er, während er dort mit den Männern arbeitete, das Taxi bemerkt. Wäre es gleich wieder weggefahren, hätte sich Tony wohl nicht beunruhigt, nachdem es aber länger stehenblieb, hatte er beschlossen, mal nachzusehen.

Die drei Personen im Zimmer hörten ihn die Verandatreppe heraufkommen, jeder stand in der Pose erstarrt, in der ihn das Geräusch des Lastwagens überrascht hatte.

Die Tür wurde aufgestoßen. Tony trug eine blaue Leinenhose, und unter dem weißen Trikot, das die Arme und den größten Teil der Schultern freiließ, zeichnete sich seine Brust ab. Er war sehr muskulös, seine Brust war von der Sonne gebräunt.

Beim Anblick seines Bruders blieb er ruckartig stehen. Seine sehr dichten und schwarzen Augenbrauen zogen sich zusammen, und ein senkrechter Strich teilte seine Stirn in zwei ungleiche Hälften.

148

Bevor noch ein Wort gesprochen wurde, kam das kleine Mädchen auf ihn zugestürzt.

»Vorsicht, Onkel Tony! Er ist es.«

Tony verstand nicht sofort. Er streichelte den Kopf des kleinen Mädchens und sah seine Frau an; er erwartete eine Erklärung. Sein Blick war sanft und zuversichtlich.

»Bessie hat mich gefragt, ob es der Mann ist, dem sie nicht antworten darf, und ich habe ja gesagt.«

Die Küchentür ging auf, Mrs. Felici kam halb zum Vorschein. Sie hielt eine Pfanne in der Hand, in der Speck brutzelte.

»Bessie! Komm her . . .«

»Aber Mama . . .«

»Komm her!«

Sie waren nun zu dritt, und fürs erste waren sie alle sehr verlegen. Die Augäpfel um Tonys Pupillen erschienen gegen seine gebräunte Haut sehr weiß, im Halbdunkel des Zimmers fast ein leuchtendes Weiß, das seinen Augen einen seltsamen Glanz verlieh.

Er sah Eddie nicht ins Gesicht, als er erklärte:

»Wir rechnen immer damit, daß jemand kommt und Fragen stellt, und da haben wir der Kleinen gesagt . . .«

»Ich weiß.«

Tony hob den Kopf und sagte leise, aufrichtig überrascht:

»Ich dachte nicht, daß du es sein würdest!«

Ein Gedanke quälte ihn. Er sah seine Frau an, dann seinen Bruder.

»Du hast dich von selbst dran erinnert, daß ich in den Ferien hier war?«

Ganz offensichtlich glaubte er es nicht. Eddie war nicht in der Verfassung zu lügen, ohne daß es auffiel.

»Nein«, gestand er.

»Du warst bei Mama?«

»Ja.«

Nora stand mit vorgewölbtem Bauch an den Tisch gelehnt. Tony ging zu ihr, während er sprach, und legte ihr die Hand auf die Schulter; es war zu merken, daß es eine vertraute Geste war.

»Hat dir Mama gesagt, daß ich hier bin?«

»Als sie erfuhr, daß du mit einem Lastwagen weggefahren bist . . .«

»Wie hat sie es erfahren?«

»Durch mich.«

»Du bist auch in White Cloud gewesen?«

»Ja.«

»Verstehst du, Tony?« warf seine Frau dazwischen.

Er beruhigte sie mit einem Händedruck, dann legte er ihr sanft den Arm um die Schulter.

»Was genau hat dir Mama gesagt?«

»Sie hat mich dran erinnert, wie begeistert du warst, als du von hier wieder heimgekommen bist, was man hier mit einem Lastwagen alles anfangen könnte.«

»Und du bist gekommen!« bemerkte Tony und senkte den Kopf.

Auch er mußte Ordnung in seine Gedanken bringen. Nora versuchte noch einmal, etwas zu sagen, aber er gebot ihr Schweigen, indem er ihre Schulter ein wenig fester drückte.

»Ich hab geahnt, daß man mich eines schönen Tages finden würde . . .«

Er sprach wie zu sich selbst, ohne Bitterkeit und ohne Empörung. Eddie hatte das Gefühl, daß er sich einem Tony gegenüberfand, den er nicht kannte.

»Ich konnte nicht voraussehn, daß du es sein würdest . . .«

Wieder hob er den Kopf und schüttelte ihn, um eine Haarlocke zurückzuwerfen, die ihm ins Auge fiel.

»Haben sie dich geschickt?«

»Sid hat mich angerufen. Genauer gesagt, er hat mich von Phil anrufen und mir ausrichten lassen, daß ich zu ihm nach Miami kommen soll. Er wollte, daß wir beide unter vier Augen miteinander reden.«

Er spürte trotzige Auflehnung in Noras Haltung. Wenn Tony sie gebeten hätte hinauszugehen, hätte sie sicher gehorcht, aber Tony schüttelte den Kopf.

»Sie kann ruhig alles hören.«

Dann sah er auf den Leib seiner Frau, und auf seinem Gesicht lag ein Ausdruck, den sein Bruder noch nie an ihm gesehen hatte.

»Du weißt schon?«

»Ja.« Weiter war nicht mehr die Rede von dem Kind, das sie erwartete.

»Womit genau haben sie dich beauftragt?«

Eine Spur von Verachtung und Bitterkeit war in seiner Stimme zu hören. Eddie brauchte seine ganze Selbstbeherrschung. Das war wichtig.

»Erst mal mußt du wissen, was passiert ist.«

»Brauchen sie mich vielleicht?« Tony verzog höhnisch das Gesicht.

»Nein. Es ist ernster, es ist sogar sehr ernst. Ich bitte dich, mir genau zuzuhören.«

»Er lügt . . .« bemerkte Nora leise.

Ihre Hand griff nach der Hand des Mannes, die auf ihrer Schulter lag, um ihrer beider Zusammengehörigkeit zu betonen.

»Laß ihn reden.«

»Dein Schwager ist zur Polizei gegangen.«

Nora zitterte und empörte sich wieder:

»Das ist nicht wahr!«

Wieder beschwichtigte sie Tony mit einer Geste.

»Woher weißt du das?«

»Sid hat Informanten dort, das weißt du so gut wie ich. Pieter Malaks hat dem Polizeipräsidenten alles erzählt, was du ihm gesagt hast.«

»Ich hab ihm nie was gesagt.«

»Dann eben alles, was ihm seine Schwester erzählt hat.«

Tony versuchte unentwegt, sie zu beruhigen. Er war keineswegs zornig auf sie. Eddie hatte ihn noch nie so ruhig und überlegt gesehen.

»Und?«

»Er behauptet, du seist bereit auszupacken. Ist das wahr?«

Tony nahm seinen Arm von Noras Schulter, um sich eine Zigarette anzuzünden. Er stand jetzt zwei Meter von Eddie entfernt und sah ihm unverwandt ins Gesicht.

»Wie denkst du darüber?«

Eddie warf, bevor er antwortete, einen Blick auf die schwangere Frau, wie um seine Antwort erklärlich zu machen.

»Ich hab's nicht geglaubt. Ich weiß jetzt nicht mehr.«

»Und Sid? Und die andern?«

»Sid will das Risiko nicht eingehen.«

Nach einem kurzen Schweigen fragte Eddie noch einmal:

»Ist es wahr?«

Tony sah seine Frau an. Statt direkt zu antworten, sagte er leise:

»Ich hab meinem Schwager nichts erzählt.«

»Trotzdem war er beim Polizeipräsidenten und wahrscheinlich auch beim Staatsanwalt.«

»Er hielt es für angebracht. Ich verstehe das. Ich verstehe auch, warum Nora mit ihm gesprochen hat. Pieter war dagegen, daß sie mich heiratet. Und damit hatte er gar nicht so unrecht. Er hat sich über mich informiert.«

Er öffnete einen Wandschrank und holte eine Flasche Wein heraus.

»Willst du einen?«

»Nein, danke.«

»Wie du meinst.«

Er schenkte sich ein Glas ein und leerte es in einem Zug. Es war Chianti, wie bei ihrer Mutter. Er wollte das Glas noch einmal füllen, aber Nora flüsterte ihm zu:

»Paß auf, Tony.«

Er zögerte, beinahe hätte er sich doch nachgeschenkt. Dann sah er seinen Bruder an und stellte lächelnd die strohumflochtene Flasche auf den Tisch.

»Du bist also bei Sid gewesen, und er hat dir einen Auftrag für mich gegeben.«

Er stand wieder auf demselben Platz wie vorhin, mit

dem Rücken gegen den Tisch, den Arm um Noras Schultern.

»Ich höre.«

»Ich nehme an, dir ist klar, daß die Polizei nach dem, was sie erfahren hat, versuchen wird, dich in die Finger zu kriegen.«

»Ja, das ist klar.«

»Sie glauben, daß sie endlich den Zeugen gefunden haben, nach dem sie schon so lang suchen.«

»Ja.«

»Haben sie recht damit?«

Anstatt zu antworten, sagte Tony:

»Sprich weiter.«

»Sid und die andern können ein solches Risiko nicht eingehen.«

Zum ersten Mal wurde Tony aggressiv.

»Was mich wundert«, sagte er mit einem Zucken der Lippen, das Eddie wiedererkannte, »ist, daß sie dich und nicht Gino geschickt haben.«

»Wieso?«

»Weil Gino ein Killer ist.«

Sogar Nora zitterte. Eddie war bleich geworden.

»Ich höre weiter!« sagte Tony.

»Du weißt genau, daß du mir noch nicht auf die Frage geantwortet hast, ob du reden wirst oder nicht.«

»Und?«

»Sids Befürchtungen sind also gar nicht so lächerlich. Sie haben dir jahrelang vertraut.«

»Ja, allerdings!«

»Das Schicksal von vielen, das Leben von einigen hängt davon ab, was du sagst oder nicht sagst.«

Noch einmal öffnete Nora den Mund, und Tony bedeutete ihr zu schweigen; immer noch war seine Geste zärtlich und beschützend.

»Laß ihn reden.«

Eddie wurde langsam zornig. Das Benehmen seines Bruders mißfiel ihm. Er bemerkte Kritik an seiner Person, und er hatte das Gefühl, daß Tony ihn durchgängig mit verachtungsvoller Ironie ansah, so, als läse er seine innersten Gedanken.

»Sie sind nicht böse auf dich.«

»Ach, wirklich?«

»Sie möchten dich nur in Sicherheit wissen.«

»Drei Fuß unter der Erde?«

»Sid sagt, Amerika ist nicht mehr groß genug für dich. Wenn du nach Europa gehst, wie andere vor dir auch, hättest du deine Ruhe, und deine Frau auch.«

»Hätten sie ihre Ruhe?«

»Sid hat mir versprochen . . .«

»Und du hast ihm geglaubt.«

»Aber . . .«

»Gib zu, daß du ihm nicht geglaubt hast. Sie wissen so gut wie du und ich, daß die Gefahr besteht, daß ich an der Grenze gefaßt werde. Wenn das, was du sagst, wahr ist . . .«

»Es ist wahr!«

»Nehmen wir's mal an. In diesem Fall ist mein Steckbrief überallhin gegangen.«

»Du kannst durch Mexiko und dort aufs Schiff. Zehn Meilen von hier ist die Grenze.«

Eddie hatte Tony nicht so muskulös, so männlich in Erinnerung. Auch wenn er noch sehr jung war, mit seinen lockigen Haaren und seinem feurigen Blick sah er doch aus wie ein Mann.

»Was denkt Gino darüber?«

»Gino hab ich nicht gesehen.«

Das hatte er ungeschickt vorgebracht.

»Du lügst, Eddie.«

»Sie haben Gino nach Kalifornien geschickt.«

»Und Joe?«

»Ist bei mir, in Santa Clara.«

»Und Vettori?«

»Über ihn hab ich nichts gehört.«

»Weiß Mama, daß du hier bist?«

»Nein.«

»Hast du ihr erzählt, was Sid gesagt hat?«

Er zögerte. Er konnte Tony einfach nicht anlügen.

»Nein.«

»Du bist also nur hingegangen, um ihr die Würmer aus der Nase zu ziehn.«

Tony ging zur Tür und öffnete sie, und ein so leuchtend heller Lichtstrahl fiel herein, daß es die Augen blendete. Tony hielt die Hand vors Gesicht und sah auf die Straße hinaus.

Als er zum Tisch zurückkam, sagte er leise und nachdenklich:

»Sie haben dich allein hergeschickt.«

»Anders wär ich nicht gekommen.«

»Das bedeutet, daß sie dir vertrauen, nicht? Sie haben dir immer vertraut.«

»Dir auch!« warf Eddie schnell ein, ängstlich darauf bedacht, die Oberhand zu behalten.

»Das ist nicht dasselbe. Ich war nur ein Komparse und bekam nur bestimmte Aufträge.«

»Niemand hat dich gezwungen, sie anzunehmen.«

Er mußte böse sein, nicht so sehr wegen Tony als wegen Nora, deren Haß er spürte. Er hatte nicht nur ein Paar vor sich, sondern, in Anbetracht von Noras Schwangerschaft, bereits eine Familie, ja fast eine Sippe.

»Du hast nicht darauf gewartet, daß man dich darum bittet, Autos zu stehlen. Ich erinnere mich, daß . . .«

Tony sagte leise, eher ein wenig traurig als entrüstet:

»Sie weiß alles, was du vorbringen könntest. Erinnerst du dich an das Haus, an die Straße, an die Leute, die in Mamas Laden kamen? Erinnerst du dich an unsre Spiele nach der Schule?«

Tony bestand nicht weiter darauf, er hing seinen Gedanken nach und sagte dann mit leiser Stimme:

»Nur ist es bei dir nicht dasselbe. Es ist nie dasselbe gewesen.«

»Ich verstehe nicht.«

»Doch.«

Es stimmte. Er verstand. Es hatte immer ein Unterschied zwischen ihm und seinen Brüdern bestanden, ob es sich nun um Gino handelte oder um Tony. Sie hatten sich nie darüber ausgesprochen. Und auch jetzt war nicht der Augenblick, es zu tun, schon gar nicht vor einer Fremden. Es war ein Fehler von Tony gewesen, daß er so mit seiner Frau gesprochen hatte. In den dreizehn Jahren, die Eddie mit Alice verheiratet war, hatte er ihr nicht ein einziges Mal etwas anvertraut, das für die Organisation hätte gefährlich werden können.

Es brachte nichts, mit Tony diese Fragen zu diskutieren. Auch andere junge Männer hatten sich schon verliebt, genauso wie er. Nicht viele. Und dann hatten sie Lust bekommen, die ganze Welt herauszufordern. Nichts mehr zählte in ihren Augen als die eine Frau. Alles übrige war ihnen gleichgültig.

Und es hatte immer schlimm geendet. Auch Sid wußte das.

»Wann, glaubst du, daß sie kommen?«

Nora zitterte von Kopf bis Fuß und wandte sich ihrem Gatten zu, als wollte sie sich ihm an die Brust werfen.

»Sie wollen nur, daß du nach Europa gehst.«

»Sprich nicht mit mir wie mit einem Kind.«

»Ich wär nicht gekommen, wenn's nicht so wäre.«

Und wieder, ebenso klar und einfach, erwiderte Tony mit einem anklagenden:

»*Doch!*«

Und mit einer Art Müdigkeit in der Stimme fügte er hinzu:

»Du hast immer getan und du wirst immer tun, was getan werden muß. Ich erinnre mich an einen Abend, wo du mir deinen Standpunkt erklärt hast; es war einer der seltenen Abende, wo ich dich angetrunken erlebt habe.«

»Wo war denn das?«

»Wir liefen in Greenwich Village herum. Es war heiß. In einem Restaurant hast du mir einen der großen Bosse gezeigt; du hast ihn zitternd vor Bewunderung von weitem betrachtet.

›Siehst du, Tony‹, hast du zu mir gesagt, ›es gibt

158

Burschen, die sich einbilden, sie seien schlau, bloß weil sie das Maul aufreißen.‹

Soll ich dir wiederholen, was du alles gesagt hast? Ich könnte noch jeden Satz zitieren, vor allem den über das Gesetz.«

»Es wär besser gewesen, du hättest dich dran gehalten.«

»Das hätte dir die Reise nach Miami erspart, nach White Cloud, nach Brooklyn, wo Mama sich wahrscheinlich fragt, was du eigentlich wolltest, und schließlich die hierher. Du sollst wissen, daß ich dir gar nicht böse bin. Du bist eben so.«

Er änderte plötzlich die Stimme und den Gesichtsausdruck und nahm eine geschäftliche Miene an.

»Reden wir deutlich, ohne Umschweife.«

»Ich erfinde keine Ausreden.«

»Na gut! Reden wir trotzdem offen. Du weißt, warum dich Sid und Boston Phil nach Miami haben kommen lassen. Sie müssen rauskriegen, wo ich bin. Wenn sie's gewußt hätten, hätten sie nicht dich dazu gebraucht.«

»Das ist nicht sicher.«

»Hab wenigstens den Mut, der Wahrheit ins Auge zu sehn. Sie haben dich gerufen und mit dir gesprochen, wie Bosse mit einem Angestellten ihres Vertrauens reden, mit einer Art Abteilungsleiter oder Adjutanten. Du hast mich oft an einen Abteilungsleiter erinnert.«

Zum ersten Mal erhellte ein Lächeln Noras Gesicht. Sie streichelte die Hand ihres Mannes.

»Ich danke dir.«

»Gern geschehn. Man hat dir erklärt, dein Bruder sei

ein Verräter, der dabei ist, der Familie Schande zu machen.«

»Das ist nicht wahr.«

»Das hast du aber gedacht. Nicht nur ihr Schande zu machen, sondern sie bloßzustellen, was noch schlimmer ist.«

Eddie lernte hier einen Mann kennen, den er sich nie vorgestellt hätte. Für ihn war Tony immer der jüngste Bruder gewesen, ein guter Junge, der sich für technische Dinge begeisterte, den Mädchen nachlief und in den Bars den Angeber spielte. Hätte ihn jemand gefragt, so hätte er wahrscheinlich geantwortet, daß Tony ihn lebhaft bewundere.

Mußte er nun schließen, daß Tony selbständig dachte? Oder wiederholte er nur die Sätze, die Nora ihm eingeredet hatte?

Die Hitze war erdrückend. Das Haus hatte keine Klimaanlage. Tony trank ab und zu mit der einen Hand einen Schluck Wein, ohne die andere von der Schulter seiner Frau zu nehmen.

Auch Eddie hatte Durst. Um Wasser zu holen, hätte er aber in die Küche gehen müssen, wo sich Mrs. Felici und ihre Tochter aufhielten. Er nahm also ein Glas aus dem Schrank und schenkte sich einen Schluck Wein ein.

»Na also! Du hast wohl gefürchtet, du kommst draus, wenn du was trinkst. Du kannst dich setzen, obwohl ich dir nichts mehr zu sagen habe.«

In diesem Augenblick fiel ihm sein Traum mit Tony wieder ein. Dieser Tony hier ähnelte in nichts der Puppe, die ihn mit dem Vater im Briefkasten erwartet hatte. Nur das Lächeln war dasselbe.

Er konnte es sich schwer erklären. Auch in seinem Traum hatte Tony etwas Heiteres, sehr Jugendliches, etwas wie ein »Erlöstsein«, und zugleich war da eine eigentümliche Melancholie.

Als sei der Würfel gefallen! Als mache er sich keinerlei Illusionen mehr. Als hätte er ein Kap umschifft und wisse nun genauestens Bescheid, als sähe er alles mit neuen Augen.

Für den Bruchteil einer Sekunde sah Eddie ihn als Toten. Er setzte sich hin, schlug die Beine übereinander und zündete sich mit zitternden Händen eine Zigarette an.

»Wo war ich?« sagte Tony. »Laß mich ausreden, Nora.«

Denn wieder hatte sie den Mund geöffnet.

»Es ist besser, wenn Eddie und ich bis zum Ende kommen, ein für allemal. Er ist mein Bruder. Wir sind von derselben Mutter geboren worden. Jahrelang haben wir im selben Bett geschlafen. Als ich fünf Jahre alt war, wurde er mir als Beispiel hingestellt.

Na gut! Kommen wir wieder zum Wesentlichen. Es ist ja durchaus möglich, daß sie dir den Vorschlag aufgetragen haben, den du mir gemacht hast.«

»Ich schwör dir . . .«

»Ich glaub's dir ja. Wenn du lügst, sieht man's an deinem Gesicht. Nur, du hast genau gewußt, daß es nicht das war, was sie wollten. Dir war von Anfang an klar, daß sie nicht wollen, daß ich über die Grenze komme. Der Beweis ist, daß du Mama nichts davon gesagt hast.«

»Ich wollte sie nicht beunruhigen.«

Tony zuckte mit den Schultern.

»Und ich habe gefürchtet, sie könnte reden.«

»Mama hat noch nie ein Wort gesagt, das sie nicht sagen durfte. Nicht mal zu uns. Ich wette, du weißt noch immer nicht, daß sie den jungen Leuten, die in ihren Laden kommen, gestohlene Sachen abkauft.«

Diesen Verdacht hatte Eddie schon immer gehabt, er hatte nur keinen Beweis dafür gehabt.

»Ich bin durch Zufall dahintergekommen. Siehst du, Eddie, du stehst auf ihrer Seite, bedingungslos, heute wie gestern und wie schon immer. Du stehst auf ihrer Seite, weil du es einmal so beschlossen und weil du dein Leben drauf aufgebaut hast.

Wenn sie dich unumwunden fragen würden, was mit mir geschehen soll . . .«

Eddie machte eine abwehrende Geste.

»Scht! Wenn du bei einer Art Gericht dabei wärst und man dir im Namen der Organisation die Frage stellen würde, dann wäre deine Antwort identisch mit der ihren.

Ich weiß nicht, was sie grad machen. Wahrscheinlich warten sie in deinem Hotel auf dich. Bist du im Presidio abgestiegen?

Durch dich wissen sie, wo ich bin. Sie werden's rausfinden, auch wenn du schwörst, daß du mich nicht gesehen hast.«

Noch nie hatte ihn jemand mit so viel Haß ange-blickt, wie er ihn in Noras Augen las, die immer dichter bei ihrem Mann stand.

Antwortete Tony auf einen Gedanken seiner Frau, als er mit gleichgültiger Stimme fortfuhr:

»Selbst wenn ich dich hier töten würde, um zu verhindern, daß du zu ihnen zurückgehst, werden sie's rauskriegen. Sie wissen's ja bereits.

Und du hast es auch gewußt, seit Miami, seit dem Augenblick, wo du dich auf die Suche nach mir gemacht hast, du hast gewußt, daß sie's rauskriegen.

Das wollt ich dir nur sagen. Ich bin nicht blöd. Und du brauchst es auch nicht zu sein.«

»Hör zu, Tony . . .«

»Noch nicht. Ich bin dir ja nicht böse. Ich hab immer gewußt, daß du so handeln würdest, wenn sich die Situation ergibt.

Nur wär ich lieber nicht die Situation gewesen, das ist alles.

Du wirst mit Mama ins reine kommen. Du wirst mit deinem Gewissen ins reine kommen.«

Zum ersten Mal hörte ihn Eddie dieses Wort aussprechen. Er sagte es so obenhin, fast nachlässig.

»Jetzt bin ich zu Ende.«

»Dann darf ich auch mal was sagen!«

Nora sprach. Sie hatte sich von Tony gelöst und einen Schritt auf Eddie zu gemacht.

»Wenn Tony auch nur ein Haar gekrümmt wird, werd ich ihnen alles erzählen.«

Tony lächelte frei heraus, ein jugendliches und heiteres Lächeln, und schüttelte den Kopf.

»Das würde zu nichts führen, mein Liebes. Damit dein Zeugnis Gewicht hätte, weißt du, müßtest du dabeisein, wenn . . .«

»Ich werde dich keinen Augenblick mehr verlassen.«

»Sie würden dich nur auch zum Schweigen bringen.«

»Das wär mir lieber.«

»Mir nicht.«

»Ich hab euch nicht auseinanderreißen wollen«, murmelte Eddie.

»Nun, was soll's . . .«

»Nein, dazu bin ich nicht hergekommen.«

»Noch nicht, nein.«

»Ich werde ihnen nicht verraten, wo . . .«

»Das ist auch gar nicht mehr nötig. Du bist gekommen. Das genügt.«

»Ich rufe die Polizei«, schrie Nora.

Ihr Mann schüttelte den Kopf.

»Nein.«

»Warum?«

»Auch das würde nichts nützen.«

»Die Polizei wird es nicht zulassen, daß sie . . .«

Auf den Holzstufen der Veranda waren schwere Schritte zu hören. Ein Mann schüttelte draußen die Erde von den Stiefeln, öffnete die Tür und blieb unbeweglich auf der Schwelle stehen.

»Komm rein, Marco.«

Er war etwa fünfzig Jahre alt, und als er seinen breitkrempigen Strohhut abnahm, kamen Haare von einem schönen, einheitlichen Grau zum Vorschein. Er hatte blaue Augen und eine bronzefarbene Haut. Er trug die gleiche Hose wie Tony und das gleiche weiße Trikot.

»Mein Bruder Eddie. Er ist aus Miami gekommen, um mich zu besuchen.«

Und zu Eddie sagte er:

»Du erinnerst dich an Marco Felici?«

Eine Art Waffenstillstand trat ein. Hatte sich der Sturm gelegt? Marco streckte, noch zögernd, seine erdige Hand hin.

»Essen Sie mit uns? Wo ist meine Frau?«

»In der Küche, mit Bessie. Sie wollte uns alleine lassen.«

»Dann geh ich zu ihnen.«

»Nicht mehr nötig. Wir sind fertig. Nicht wahr, Eddie?«

Eddie nickte gezwungen mit dem Kopf.

»Ein Glas Wein, Marco?«

Auf Tonys Lippen war wieder das eigentümliche Lächeln erschienen. Er holte ein drittes Glas. Nach kurzem Zögern nahm er noch ein viertes und füllte auch die anderen Gläser, das seine und das seines Bruders.

»Stoßen wir an?«

Ein merkwürdiges Geräusch kam aus Eddies Kehle. Nora sah ihn scharf an, merkte aber nichts. So war er der einzige, der wußte, daß ein Schluchzen in seiner Kehle aufgestiegen war.

»Auf ein Wiedersehen!«

Tonys Hand zitterte nicht. Er sah wahrhaftig heiter und unbeschwert aus, als wenn das Leben nur ein vorübergehender Spaß wäre. Eddie mußte den Blick abwenden, um seine Selbstbeherrschung nicht zu verlieren.

Marco schöpfte Verdacht und spähte von einem zum anderen; er erhob sein Glas nur schweren Herzens.

»Du auch, Nora.«

»Ich trinke nie was.«

»Nur dies eine Mal.«

Sie wandte sich zu ihrem Mann, um herauszufinden, ob er es ernst meinte, und begriff, daß er wirklich wollte, daß sie trank.

»Auf dein Wohl, Eddie!«

Eddie wollte wie üblich antworten: »Auf das deine!«

Aber er konnte nicht. Er hob das Glas an die Lippen. Nora ließ ihn nicht aus den Augen und nippte nur an ihrem Wein.

Tony leerte das seine mit einem Zug bis zum letzten Tropfen und stellte das leere Glas auf den Tisch zurück.

Eddie stotterte:

»Ich muß wieder fort.«

»Ja. Es ist Zeit.«

Er traute sich nicht, ihnen die Hände zu schütteln, und suchte nach seinem Hut. Das seltsamste war, daß er das Gefühl hatte, diese Szene schon einmal erlebt zu haben. Auch Noras Zustand war ihm vertraut.

Beinahe hätte er »Adieu« gesagt. Er war erschrocken über das Wort. Er war sich aber auch bewußt, daß »Auf Wiedersehen« noch schlimmer war und wie eine Drohung klingen konnte.

»Auf Wiedersehn.«

Es lag nicht in seiner Absicht zu drohen. Er war aufrichtig bewegt, er fühlte warme Tränen in die Augen steigen, während er zur Tür ging.

Sie hielten ihn nicht zurück. Nicht ein einziges Wort wurde gewechselt. Er wußte nicht, ob sie ihm nachschauten, ob Tonys Hand sich um Noras Schulter schloß. Er wagte es nicht, sich umzudrehen.

Er öffnete die Tür und trat in einen Schwall von Hitze. Der Chauffeur, der sich im Schatten aufgehalten hatte, ging auf seinen Sitz im Auto zurück. Die Tür schlug zu. Er sah nur noch das kleine Mädchen, das sich aus dem Küchenfenster beugte und ihm beim Abfahren die Zunge herausstreckte.

»Nach El Centro?«

»Ja.«

»Ins Hotel?«

Es schien ihm, als hörte er irgendwo das Geräusch eines anfahrenden Autos. Auf den Feldern war nichts zu sehen. Ein Teil der Straße lag hinter einem Haus verborgen.

Beinahe hätte er den Chauffeur gefragt, aber er hatte nicht den Mut dazu. Noch nie in seinem Leben hatte er eine solche Leere in Kopf und Körper gespürt. Die Luft im Taxi war überhitzt, und wie sie so in der Sonne dahinfuhren, begannen ihm die Ohren zu summen. In seinem ausgetrockneten Mund war ein metallischer Geschmack, und selbst wenn er die Augenlider schloß, tanzten schwarze Punkte vor seinen Augen.

Er hatte Angst. Er hatte schon einmal jemanden gesehen, der einen Sonnenstich hatte. Sie fuhren durch das Dorf, an dem Geschäft vorbei.

»Halten Sie einen Moment . . .«

Er brauchte ein Glas frisches Wasser. Er mußte sich einen Augenblick im Schatten erholen.

»Ist Ihnen nicht gut?«

Er wünschte fast, ohnmächtig zu werden, als er über den Gehsteig ging. Ein paar Tage krank zu sein. Nicht mehr denken, keine Entscheidungen mehr fällen zu müssen.

Der Verkäufer brauchte ihn nur anzusehen, um zu

merken, was mit ihm los war, und holte sofort einen Pappbecher voll Eiswasser.

»Trinken Sie nicht zu schnell. Ich bring Ihnen einen Stuhl.«

Es war lächerlich. Tony hätte ihm sicher vorgeworfen, er spiele Komödie. Sicher aber Nora, die ihn während des Gesprächs so abgrundtief haßerfüllt angeblickt hatte.

»Noch einen, bitte.«

»Lassen Sie sich Zeit zum Luftholen.«

Der Chauffeur war hinter ihm hereingekommen und wartete wie jemand, der an derlei Zwischenfälle gewöhnt ist.

Auf einmal, als er den zweiten Becher zum Mund führen wollte, wurde Eddie übel. Er konnte sich gerade noch rechtzeitig vorbeugen und erbrach sich mit einem langen, vom Wein violett gefärbten Strahl, zwischen den Rasenmähern und Blecheimern, und stotterte mit Wasser in den Augen:

»Entschuldigen Sie . . . es ist . . . es ist furchtbar dumm.«

Die beiden anderen wechselten einen Blick. Da er würgte, gab ihm der Verkäufer kräftige Schläge auf den Rücken, um ihm zu helfen.

»Es war nicht richtig, daß Sie Rotwein getrunken haben«, sagte der Chauffeur sentenziös.

Und er antwortete kläglich, wobei er aufstieß:

»Sie . . . sie . . . sie haben es gewollt!«

8

Der Portier gab ihm seinen Schlüssel, wortlos, als nähme er ihn gar nicht wahr. Während sie mit dem Aufzug hochfuhren, hielt der Liftboy seinen Blick starr auf Eddies Rockaufschlag gerichtet, auf dem sich ein violetter Flecken befand.

An seinem Zimmer angekommen, nahm sich Eddie vor, sich gleich aufs Bett zu werfen. Kaum hatte er die Tür aufgestoßen, ließ er seiner Erregung freien Lauf, er kontrollierte seinen Gesichtsausdruck nicht mehr, er wußte nicht mehr, wie er aussah. Nach dem ersten Schritt ins Zimmer fiel ihm ein, daß er nicht daran gedacht hatte, die Tür abzuschließen.

In diesem Augenblick sah er den Mann. Noch bevor sein Gehirn einsetzen konnte zu arbeiten, erstarrte er vor Entsetzen, ein schreckliches Gefühl lief ihm den Rücken hinunter. Das war ganz mechanisch abgelaufen, wie auf Knopfdruck ein Licht angeht oder ein Motor anläuft. Er konnte nicht überlegen. Er dachte nur, daß jetzt er dran sei, und in seinem Mund war kein Speichel mehr.

Er hatte Dutzende gekannt, mit denen es so geendet hatte, auch junge Kerle, die seine Kameraden gewesen waren. Manchmal war er mit ihnen um zehn Uhr abends noch ein Bier trinken gegangen, und dann, um elf Uhr oder um Mitternacht, wenn sie heimkamen, fanden sie zwei Männer vor, die schon auf sie warteten und die kein Wort zu sagen brauchten.

Bisweilen hatte er sich gefragt, was einem in diesem Moment wohl durch den Kopf geht, auch wenig später im Auto, wenn es in eine verlassene Gegend oder an ein Flußufer fährt, wenn der Blick noch ein paar Minuten lang die Lichter und die Passanten streift oder wenn das Auto bei Rotlicht hält und an der Ampel ein Polizist steht.

Es dauerte nur ein paar Sekunden. Er war sicher, daß er keine Miene verzogen hatte. Aber er wußte auch, daß dem Mann nichts entgangen war, nicht die Leere in ihm, als er die Tür aufstieß, die Erschlaffung seiner Muskeln und seiner Gedanken, der elektrische Schlag der Angst und jetzt endlich die wiederkehrende Gelassenheit und sein schnell arbeitender Geist.

Aber nicht das hatte er gefürchtet. Sein Besucher war alleine, und bei derartigen Ausflügen sind es immer zwei, wobei einer draußen im Auto wartet.

Im übrigen war das nicht der Typ dazu. Es war eine höhergestellte Persönlichkeit. Die Leute im Hotel hätten keinen Unbekannten in sein Zimmer gelassen. Er hatte sich nicht nur darin niedergelassen, er hatte auch nach dem Boy geklingelt und Soda mit Eis bestellt. Whisky hatte er aus der flachen Flasche genommen, die auf dem runden Tisch angebrochen neben dem Glas stand.

»*Take it easy, son*!« sagte er, ohne seine dicke Zigarre aus dem Mund zu nehmen, deren Duft sich bereits im Zimmer verbreitet hatte.

Man konnte das übersetzen: »Nimm's nicht so tragisch, mein Junge!«

Er war gut sechzig Jahre alt, vielleicht schon an die siebzig, und er hatte viel erlebt, er kannte sich aus.

»*Call me Mike*!«

Sag Mike zu mir: Das durfte nicht falsch verstanden werden. Es war kein Zugeständnis, daß man in irgendeiner Weise vertraulich werden konnte. Es ging um eine respektvolle Vertrautheit, die man in manchen Kreisen, in manchen Kleinstädten der Person gegenüber an den Tag legt, die das Sagen hat.

Er sah aus wie ein Politiker, wie ein Senator oder ein Bürgermeister, oder auch wie jemand, der Wahlkampagnen leitet und Richter und Sheriffs einsetzt. Er hätte eine dieser Rollen auch im Film spielen können, in einem Western, und das wußte er; es war zu spüren, daß es ihm Spaß machte, dieses Image zu kultivieren.

»Einen *highball*?« schlug er vor und deutete auf die Flasche.

»Ich trinke nicht.«

Mikes Blick blieb auf dem Weinfleck haften. Er machte sich gar nicht erst die Mühe zu lächeln, spöttisch zu werden. Eine flüchtige Bewegung der Pupillen genügte.

»Setz dich.«

Er trug einen Anzug aus Shantungseide, nicht etwa aus weißem Leinen, und eine handbemalte Krawatte, die sicher dreißig oder vierzig Dollar gekostet hatte. Den Hut hatte er aufbehalten, wie er es sicher überall tat; es war ein weißer, nur ganz leicht grau getönter

Stetson mit breiter Krempe, kein Fleckchen oder Staubkorn war darauf.

Der Sessel, den er Eddie angewiesen hatte, stand neben dem Telefon. Mit einer matten Geste zeigte er auf den Telefonapparat.

»Du mußt Phil anrufen.«

Eddie ließ sich auf keine Diskussion ein. Er nahm den Hörer ab und verlangte die Nummer in Miami. Während er wartete, den Hörer am Ohr, rauchte Mike weiter seine Zigarre, die er mit gleichgültiger Miene betrachtete.

»Hallo! Phil!«

»Wer ist da?«

»Eddie.«

»Gut.«

»Ich . . . ich hab rausgekriegt . . .«

»Einen Augenblick, ich muß die Tür zumachen.«

Das entsprach nicht der Wahrheit. Phil blieb viel zu lange weg. Entweder er unterhielt sich mit jemandem, oder aber er machte das absichtlich, um Eddie aus der Fassung zu bringen.

»Hallo, hallo!«

»Ja. Ich höre.«

Wieder Stille. Eddie vermied es, als erster zu sprechen.

»Ist Mike da?«

»Ja, in meinem Zimmer.«

»Gut.«

Wieder Stille. Eddie hätte schwören mögen, daß er das Meer rauschen hörte, aber das war Unsinn.

»Hast du Gino gesehn?«

Eddie überlegte, ob er den Vornamen etwa falsch verstanden hatte oder ob Phil sich irrte. Er hatte nicht damit gerechnet, daß von ihm die Rede sein würde. Er hatte keine Zeit zum Überlegen. Er log, ohne an die Folgen zu denken.

»Nein. Warum?«

»Weil er in San Diego nicht angekommen ist.«

»Ach!«

»Er müßte seit gestern da sein.«

Er wußte, daß Mike ihn ununterbrochen beobachte-te, er mußte also seine Physiognomie unter Kontrolle halten. Sein Gehirn arbeitete schnell, eher in Bildern, wie vorhin, als er an die Autofahrt gedacht hatte. Es war ein ähnliches Bild, nur woanders, mit anderen Personen. Wäre es nicht Phil gewesen, der mit ihm sprach, sondern Sid Kubik, zum Beispiel, dann wäre er auf den Gedanken nicht gekommen.

Phil war heimtückisch. Eddie hatte immer gewußt, daß er ihn nicht mochte. Wahrscheinlich mochte er keinen der Brüder Rico. Warum hatte er in San Diego angerufen, nachdem es sich doch um Tony handelte?

Gino war ein Killer. San Diego lag bei El Centro, zwei Stunden mit dem Auto entfernt, mit dem Flug-zeug weniger als eine Stunde.

Zwei von den Brüdern hatte Phil bereits zusammen-gebracht . . .

»Hallo!« rief Eddie in den Apparat.

»Ich habe überlegt, ob Gino dich vielleicht in Santa Clara besucht hat.«

Es blieb ihm nichts anderes übrig, als seine Lüge aufrechtzuerhalten.

»Nein.«

Das konnte gefährlich werden. Er hatte das noch nie getan. Es war gegen all seine Prinzipien. Wenn sie wußten, daß er log, waren sie im Recht, wenn sie ihm von jetzt an mißtrauten.

»Jemand hat ihn in New Orleans gesehen.«

»Ach!«

»Er stieg aus einem Bus.«

Warum redete er ständig über Gino und nicht über Tony? Dafür gab es doch einen Grund. Phil tat nichts ohne Grund. Es war äußerst wichtig für Eddie, zu erraten, was sein Gesprächspartner dachte.

»Jemand behauptet, ihn an Bord eines Schiffes nach Südamerika gesehen zu haben.«

Er hatte das sichere Gefühl, daß das stimmte.

»Warum soll er das gemacht haben?« erwiderte er trotzdem.

»Weiß ich nicht. Du bist von der Familie. Du kennst ihn besser als ich.«

»Ich weiß gar nichts. Mir hat er nichts gesagt.«

»Hast du ihn gesehn?«

»Ich will damit nur sagen, daß er mir nicht geschrieben hat.«

»Hast du einen Brief bekommen?«

»Nein.«

»Was macht Tony?«

Nun kam er dahinter. Man hatte ihm einfach Angst einjagen wollen, indem man von Gino sprach. Man hatte nichts erfunden, man hatte sich an die Wahrheit gehalten. Damit bereitete man ihn auf den Fall Tony vor.

Er konnte nicht schon wieder lügen. Im übrigen war Mike da, der wußte Bescheid und rauchte immer noch schweigend seine Zigarre.

»Ich hab mit ihm gesprochen.«

Er wand sich und sagte dann:

»Ich hab auch seine Frau gesehn. Sie erwartet ein Baby. Ich hab meinem Bruder erklärt . . .«

Phil schnitt ihm das Wort ab:

»Mike hat seine Instruktionen. Alles klar? Er wird dir sagen, was du zu tun hast.«

»Ja.«

»Sid ist mit allem einverstanden. Er ist hier. Soll er's dir bestätigen?«

Noch einmal sagte er:

»Ja.«

Erst nachdem er es gesagt hatte, fiel ihm ein, daß es so aussah, als würde er Phil mißtrauen.

»Ich geb ihn dir.«

Er hörte ein Flüstern, dann Kubiks Stimme und Akzent.

»Mike wird sich um alles kümmern. Versuch nicht, schlauer zu sein als er. Ist er bei dir?«

»Ja.«

»Gib ihn mir.«

»Kubik möchte mit Ihnen sprechen.«

»Warum gibst du mir dann nicht den Apparat? Ist die Schnur vielleicht nicht lang genug?«

Sie war lang genug.

»Hallo, alter Freund!«

Hauptsächlich wurde am anderen Ende der Leitung gesprochen, Eddie hörte von fern Kubiks Stimme, ohne seine Worte zu verstehen. Mike bejahte mit einsilbigen Bemerkungen oder knappen Sätzen.

Jetzt, wo er seinen Namen kannte, sah Eddie ihn mit anderen Augen. Er hatte sich nicht geirrt, als er ihn für eine wichtige Person hielt. Was er jetzt machte, wußte er nicht, es war nicht viel von ihm die Rede. Aber es hatte eine Zeit gegeben, wo sein Name auf den Titelblättern der Zeitungen stand.

Michel La Motte, genannt Mike, war von Geburt höchstwahrscheinlich Kanadier, und während der Prohibition war er einer der großen Bierbarone an der Westküste gewesen. Die Organisation existierte damals noch nicht. Verbände bildeten sich und lösten sich wieder auf. Meistens stritten die Bosse untereinander um ein Einflußgebiet, manchmal um ein Alkohollager oder einen Lastwagen.

Da es keine Organisation gab, gab es auch keine Hierarchie und keine Spezialisierung. Man hatte den größten Teil der Bevölkerung auf seiner Seite, auch die Polizei und eine große Anzahl von Politikern.

Die Kämpfe lieferten sich vor allem die einzelnen Banden und die Bosse.

La Motte, der in einem Viertel von San Francisco angefangen hatte, hatte sich nicht nur ganz Kalifornien einverleibt, er hatte seine Operationen bis zu den ersten Staaten des Mittelwestens ausgedehnt.

Als die Brüder Rico noch kleine Buben waren, die sich in den Straßen von Brooklyn herumtrieben, ging die Rede, Mike hätte sich mit eigener Hand zwanzig Konkurrenten vom Leib geschafft.

Er hatte auch einige Leute seiner eigenen Bande

umgelegt, die so unvorsichtig gewesen waren, den Mund zu weit aufzumachen.

Schließlich wurde er verhaftet, aber einen Mord konnte man ihm nicht nachweisen. Er wurde wegen Steuerhinterziehung verurteilt und für einige Jahre ins Gefängnis geschickt, nicht nach Saint Quentin, wie die gewöhnlichen Gefangenen, sondern nach Alcatraz, einer Festung, die den gefährlichsten Verbrechern vorbehalten ist und auf einem Felsen mitten in der Bucht von San Francisco steht.

Eddie hatte nie wieder etwas von ihm gehört. Hätte man ihn noch vor einiger Zeit gefragt, was aus ihm geworden sei, hätte er geantwortet, Mike sei sicher tot, denn er war bereits in fortgeschrittenem Alter, als Eddie noch ein Kind war.

Er betrachtete ihn nun mit Respekt und Bewunderung, und er fand es nicht mehr komisch, daß er wie ein Richter oder ein Politiker aus einem Western auftrat.

Im Stehen mußte er sehr groß sein und sich immer noch sehr gerade halten. Er hatte seine Breitschultrigkeit nicht verloren. Einmal hob er seinen Stetson, um sich am Kopf zu kratzen, und Eddie sah, daß sein Haar dicht und glatt war; seidigweiß hob es sich von seiner fast ziegelfarbenen Haut ab.

»Ja, ja . . . Ich hab auch schon dran gedacht. Du kannst ganz beruhigt sein. Wird alles richtig erledigt. Ich hab in Los Angeles angerufen . . . ich hab ihn nicht erreicht, du weißt schon, wen, aber jetzt weiß er Bescheid . . . ich erwarte die beiden gegen Abend . . .«

Er hatte die rauhe Stimme von Leuten, die schon

lange Zeit trinken und rauchen. Auch das erinnerte sehr an einen Politiker. Auf der Straße grüßten ihn sicher alle Leute, sie drückten ihm die Hand und waren stolz darauf, mit dem großen Mike auf so vertrautem Fuße zu stehen.

Bei seinem Prozeß wurden mehrere Millionen beschlagnahmt, aber sicher hatte er nicht alles verloren und war nicht ganz ohne Geld dagestanden, als er Alcatraz verließ.

»In Ordnung, Sid... sieht aus, als wär er vernünftig... ich glaub nicht... ich frag ihn mal...«

Zu Eddie sagte er:

»Hast du Sid noch was zu sagen?«

Doch nicht so! Was sollte er ihm sagen, so auf Kommando? Er wußte ja, daß alles bereits ohne ihn abgemacht war.

»Nein! Es klappt also! Ich ruf dich wieder an, wenn alles vorbei ist.«

Er gab Eddie den Hörer, um ihn aufzulegen, nahm einen Schluck Whisky und behielt das beschlagene Glas in der Hand.

»Hast du schon was gegessen?«

»Nichts seit heut morgen.«

»Hast du nicht Hunger?«

»Nein.«

»Du solltest einen Schluck trinken.«

Vielleicht. Vielleicht ließ der Whisky wirklich den Nachgeschmack des Rotweins verschwinden, den er erbrochen hatte. Er schenkte sich etwas ein.

»Sid ist vielleicht ein Typ!« seufzte Mike. »Hat's

da nicht früher mal eine Geschichte mit deinem Vater gegeben?«

»Mein Vater wurde von einer Kugel getötet, die für Kubik bestimmt war.«

»Ach ja! Ich hab schon gemerkt, daß er dich recht gern mag. Dir ist ziemlich heiß, was?«

»Ja, es ist zu heiß.«

»Heißer als in Florida?«

»Eine andere Art von Hitze.«

»Ich bin nie dort gewesen.«

Er sog an seiner Zigarre. Er sagte selten zwei Sätze hintereinander. Lag es daran, daß sich seine Gehirntätigkeit verlangsamt hatte, oder hatte er Sprechschwierigkeiten? Sein Gesicht war schlaff und verschwommen, seine Lippen waren weich wie die eines Säuglings, und seine Augen mit den Tränensäcken waren feucht. Seine Augen waren noch immer blau und lebhaft, es war schwer, lange hineinzusehen.

»Ich bin achtundsechzig Jahre alt, mein Sohn, und ich kann sagen, ich habe ein recht ausgefülltes Leben hinter mir, und ich nehme an, es dauert noch eine Weile. Na gut! Aber ob du's glaubst oder nicht, ich bin nie neugierig drauf gewesen, über Texas und Oklahoma im Süden und Utah und Idaho im Norden hinauszukommen. Ich kenne weder New York noch Chicago, weder Saint Louis noch New Orleans.

Übrigens apropos New Orleans, es war nicht richtig von deinem Bruder Gino, auf diese Art zu verschwinden.«

Er schüttelte ein wenig Zigarrenasche von seiner Hose.

»Gib mir die Flasche.«

Sein Whisky war zu wäßrig geworden.

»Ich weiß nicht mehr, wieviel ich gekannt habe, die geglaubt haben, sie seien schlau, und die denselben Fehler gemacht haben. Was denkst du, was mit ihm passiert? Er wird, ob er in Brasilien oder in Argentinien ist oder auch in Venezuela, versuchen, Kontakt mit Leuten aufzunehmen. Es gibt Dinge, die kann man nicht allein machen. Die Leute wissen bereits, auf welche Weise er abgehauen ist, und haben keine Lust, es sich mit den großen Bossen hier zu verderben.«

Das stimmte. Eddie wußte das. Er war verblüfft über Ginos Leichtsinn. Und es brachte ihn noch mehr aus der Fassung, daß er den Grund dafür ahnte.

Er hätte genauso gehandelt. Vielleicht wollte ihn sein Bruder Gino mitnehmen, als er ihn in Santa Clara aufsuchte. Und als er dort war, begriff er, daß es zwecklos war, überhaupt damit anzufangen. Eddie schämte sich. Er versuchte, sich an Ginos letzten Blick zu erinnern.

»Wenn er sich drauf versteift, allein zu arbeiten, wird er entweder von der Polizei geschnappt, oder er gerät an einen, der eine Gangsterbande hat. Und dann? Er kommt mehr oder weniger schnell herunter, und keine sechs Monate vergehen, da ist er ein Landstreicher, den man aus der Gosse aufliest.«

»Gino trinkt nicht.«

»Er wird trinken.«

Warum sprach Mike mit ihm nicht über die Instruktionen, die er über Tony bekommen hatte?

Er drückte seine Zigarre im Aschenbecher aus, nahm

eine neue aus seiner Tasche, zog vorsichtig die Zellophanverpackung ab und schnitt dann das Ende mit einem eleganten Silberwerkzeug ab.

Er hatte sich offenbar darauf vorbereitet, sich lange in diesem Zimmer aufzuhalten.

»Ich sagte bereits, ich habe den Westen nie verlassen.«

Er sprach sehr herablassend mit ihm, wie mit einem grünen Jungen. Wußte er nicht, daß Eddie an der Golfküste von Mexiko eine fast ebenso hohe Stellung einnahm wie er hier?

»Und erstaunlicherweise habe ich in meinem Leben alle Leute getroffen, auf die es ankommt, aus New York oder irgendwo anders. Weißt du, eines schönen Tages kommt jeder durch Kalifornien.«

»Haben Sie keinen Hunger?«

»Ich eß mittags nie was. Aber wenn du Hunger hast . . .«

»Nein.«

»Also setz dich hin und zünd dir 'ne Zigarette an. Wir haben noch viel Zeit.«

Einen Augenblick lang redete sich Eddie ein, Tony könnte von diesem Aufschub profitieren und mit Nora fliehen. Aber der Gedanke war lächerlich. Ein Mann wie Mike hatte seine Vorkehrungen getroffen. Sicher überwachten seine Leute das Haus der Felici.

Der andere saß da, als würde er seinen eigenen Gedanken nachhängen.

»Ist dein Bruder bewaffnet?«

Er tat so, als hätte er nicht recht verstanden.

»Gino?«

»Ich spreche von dem Kleinen.«

Dieses Wort verletzte ihn. Auch seine Mutter sagte manchmal »der Kleine«.

»Ich weiß nicht. Wahrscheinlich.«

»Nicht von Bedeutung.«

Die Luft war kühl im Zimmer, die Klimaanlage lief, aber die Hitze war trotzdem zu spüren. Man spürte, daß die Hitze draußen war. Man spürte, daß sie über der Stadt lastete, über den Feldern, über der Wüste. Das Licht war von dichtem Gold. Selbst die Autos auf der Straße schienen sich nur mit Mühe durch eine überheiße Masse von Luft zu quälen.

»Wieviel Uhr ist es?«

»Halb drei.«

»Gleich wird man mich anrufen.«

Und tatsächlich vergingen keine zwei Minuten, und es läutete. Wie selbstverständlich nahm Eddie ab, ohne ein Wort zu sagen, und reichte Mike den Hörer.

»Ja . . . ja . . . gut! Nein! Nichts Neues . . . ich bleib hier, ja . . . einverstanden . . . Ich erwarte ihren Anruf, sobald sie da sind . . .«

Er seufzte und lehnte sich weiter zurück.

»Wundre dich nicht, wenn ich einnicke.«

Und er fügte hinzu:

»Unten stehn zwei von meinen Leuten.«

Das war keine Drohung. Nur eine Mitteilung. Er machte sie Eddie, um ihm einen Dienst zu erweisen, um ihm einen falschen Schritt zu ersparen.

Eddie wagte noch immer nicht, ihm die Frage zu stellen. Er hatte ein wenig das Gefühl, als sei er in Ungnade gefallen und hätte das auch verdient. Er sah, wie Mike langsam einschlief, und nahm ihm, nicht ohne einen gewissen Respekt, die Zigarre aus den Fingern, gerade als sie dabei war, herunterzufallen.

Es vergingen noch fast zwei Stunden. Er rührte sich nicht von der Stelle, er blieb sitzen und griff nur ab und zu nach der Whiskyflasche. Um kein Geräusch zu verursachen, nahm er sich kein Wasser. Er begnügte sich damit, die Lippen mit Alkohol anzufeuchten.

Nicht ein einziges Mal dachte er an Alice, an die Kinder, an sein schönes Haus in Santa Clara, wohl, weil das alles zu weit weg war, weil es ihm unwirklich vorgekommen wäre.

Wenn er zwischendurch doch an Vergangenes dachte, dann an eine ferne Vergangenheit, an die schweren Zeiten in Brooklyn, an seine ersten Kontakte mit der Organisation, als er so ängstlich darauf bedacht war, alles richtig zu machen. Sein ganzes Leben lang war er von diesem Willen beseelt gewesen.

Bis auf die Lüge von vorhin, er hätte Gino nicht getroffen, hatte er sich nichts vorzuwerfen.

Als Sid Kubik ihn nach Miami hatte kommen lassen, hatte er gehorcht. Er war nach White Cloud gefahren und hatte, so gut er konnte, mit dem alten Malaks geredet. Er war nach Brooklyn gefahren. Nachdem ihn seine Mutter, ohne es zu wissen, auf Tonys Spur gesetzt hatte, war er unverzüglich abgeflogen.

Wußte Mike das? Was hatte ihm Kubik über ihn erzählt? Mike hatte nicht streng mit ihm gesprochen, im Gegenteil. Aber er hatte auch nicht mit ihm gesprochen wie mit jemandem von besonderer Wichtigkeit. Vielleicht dachte er, er stehe in der Hierarchie auf derselben Stufe wie Gino oder Tony.

Sie hatten einen Plan. Es war alles bereits abgemacht. In diesem Plan hatte er, Eddie, eine Rolle zu spielen. Sonst hätte sich ein Mann wie Mike wohl nicht die Mühe gemacht, in seinem Zimmer auf ihn zu warten und dazubleiben.

Er hatte ihm keine Frage gestellt, außer nach der Waffe. Sicher war Tony bewaffnet. Er hatte vorhin eine Bemerkung gemacht, die darauf hindeutete, aber Eddie wußte nicht mehr, welche. Er versuchte, sich daran zu erinnern. Erst vor kurzem hatte die Begegnung stattgefunden, und er hatte bereits Gedächtnislücken. Er hatte einzelne Sätze im Ohr, ein Gesichtsausdruck tauchte vor ihm auf, vor allem von Nora, aber er wäre nicht in der Lage gewesen, einen zusammenhängenden Bericht von den Ereignissen zu geben.

Da waren Einzelheiten, die waren von größerer Bedeutung als das, was sein Bruder gesagt hatte, etwa die Haarlocke, die ihm in die Stirn fiel, seine muskulösen Arme und seine braunen Schultern, die sich von seinem weißen Trikot abhoben. Oder das kleine Mädchen, das sich aus dem Küchenfenster lehnte und ihm die Zunge herausstreckte.

Er zählte die Minuten und wartete darauf, daß Mike aufwachte. Er sah das Telefon an in der Hoffnung, daß es läutete. Am Ende vergaß er zu zählen, er sah das Zimmer wie durch einen Nebel, dann sah er nur noch das helle Gelb, das durch seine Lider drang, und irgendwann richtete er sich auf und sah vor sich den Mann mit dem hellgrauen Hut, der ihn nachdenklich betrachtete.

»Hab ich geschlafen?«

»Sah so aus.«

»Lange?«

Er sah auf seine Armbanduhr und stellte fest, daß es halb sechs war.

»Dabei hast du die letzte Nacht ausgiebig geschlafen, mein Sohn!«

Er wußte also, daß sich Eddie fast sofort schlafen gelegt hatte, als er vom Flughafen gekommen war! Seine Leute beschatteten ihn bereits, keiner seiner Schritte war von da an unbeobachtet geblieben.

»Immer noch keinen Hunger?«

»Nein.«

Die Flasche war leer.

»Wir könnten was zu trinken bestellen.«

Eddie läutete nach dem Zimmerkellner. Der fand es offenbar ganz in Ordnung, sie mitten am Nachmittag zusammen auf dem Zimmer anzutreffen.

»Eine Flasche Rye.«

Der Kellner nannte eine Marke. Dabei sah er Mike an und nicht Eddie, als kenne er seine Gewohnheiten.

»Genau das, mein Sohn.«

Er rief ihn zurück, als er gerade an der Tür war.

»Zigarren.«

Schließlich nahm er seinen Hut ab und legte ihn aufs Bett.

»Ich wundre mich, daß sie noch nicht da sind. Sie müssen unterwegs in der Wüste eine Panne gehabt haben.«

Eddie hatte nicht den Mut, sich zu erkundigen, um wen es sich handelte. Im übrigen war es ihm auch lieber, wenn er es nicht genau wußte.

»Heut morgen hab ich den Sheriff in die Berge geschickt, achtzig Meilen von hier. Vor morgen wird er nicht zurück sein.«

Eddie fragte auch nicht, wie er das gemacht hatte. Mike hatte sicher seine Gründe, warum er so mit ihm sprach. Vielleicht wollte er ihm lediglich zu verstehen geben, daß die Würfel gefallen waren, daß es für Tony keine Hoffnung mehr gab.

Bevor er eingeschlafen war, war es Eddie eingefallen; er hatte überlegt, ob Nora – denn er sah eher Nora in dieser Rolle als Tony – vielleicht auf die Idee kam, den Sheriff anzurufen und ihn um seinen Schutz zu bitten.

»Einer der beiden Deputy-Sheriffs liegt mit einer Infektion und vierzig Grad Fieber im Bett. Der andre, Hooley, ist von mir eingesetzt worden. Wenn er meine Anweisungen befolgt, und ich bin sicher, daß er sie befolgt, ist sein Telefon gestört und bleibt es auch bis morgen.«

Deutete Eddie wirklich flüchtig ein anerkennendes Lächeln an?

»Sie rufen mich wieder an.«

Diesmal dauerte es etwas länger, aber endlich läutete das Telefon.

»Sind sie da? Gut! Du weißt, wo sie hinsollen, und paßt auf, daß sie sich nicht unterwegs rumtreiben. Haben sie das Auto eingestellt? Das Nummernschild gewechselt? Moment . . .«

Der Kellner brachte den Whisky und die Zigarren. Mike wartete, bis er wieder draußen war.

»Im Augenblick ist das alles. Gebt ihnen was zu essen. Sie können ja Karten spielen, wenn sie Lust haben. Kein Alkohol, verstanden?«

Stille. Er wartete die Antwort ab.

»Ja, in Ordnung! Sag jetzt Gonzales, er soll zu mir kommen. Hierher, ja, aufs Zimmer.«

Das Hauptquartier konnte nicht weit sein. Eddie fragte sich, ob es nicht sogar im Hotel war. War Mike am Ende gar der Besitzer? Keine zehn Minuten waren vergangen, als an die Tür geklopft wurde.

»Herein.«

Es war ein Mexikaner von etwa dreißig Jahren mit einer gelben Leinenhose und einem weißen Hemd.

»Eddie Rico . . .«

Der Mexikaner machte eine sparsame Geste.

»Gonzales, er ist so was wie mein Sekretär.«

Gonzales lächelte.

»Setz dich. Was war los?«

»Der Besitzer, Marco, ist vom Feld heimgekommen, und es gab ein Palaver, das an die zwei Stunden gedauert hat.«

»Und dann?«

»Er ist mit seinem Auto weggefahren und hat die Kleine mitgenommen. Zuerst hat er bei einem Haus am anderen Ende des Dorfes angehalten, bei einem gewissen Keefer, einem Freund von ihm, und hat das Kind dagelassen.«

Mike hörte zu und nickte dabei mit dem Kopf, als sei das alles vorherzusehen gewesen.

»Dann ist er in die Stadt gefahren, zu Chambers, dem Sportwarenhändler, und hat zwei Schachteln Patronen gekauft.«

»Was für welche?«

»Für ein Schnellfeuergewehr Kaliber 22.«

»Er ist nicht beim Büro des Sheriffs vorbeigefahren?«

»Nein. Er ist gleich nach Aconda zurück. Die Läden sind geschlossen, die Tür auch. Ach ja, noch was.«

»Was?«

»Er hat die Birnen von den Lampen ausgewechselt, die ums Haus rum stehn. Er hat die stärksten reingetan, die's gibt.«

Mike zuckte mit den Achseln.

»Wie steht's mit Sidney Diamond?«

»Gut. Er hat nicht so ausgesehn, als hätt er getrunken.«

»Begleitet ihn Paco?«

»Nein. Ein Neuer. Ich kenn ihn nicht.«

Sidney Diamond war ein Killer, das wußte Eddie, ein junger Bursche von kaum zweiundzwanzig Jahren, der aber bereits von sich reden machte. Ganz offensichtlich war er es, den man aus Los Angeles beordert hatte und der nichts zu trinken bekommen durfte.

All das war Eddie geläufig. Es war Routine. Schon seit langem war diese Verfahrensweise von solchen Unternehmungen festgelegt worden wie alles andere auch, sie liefen nach unveränderbaren Ritualen ab. Die Täter kamen am besten von auswärts und waren in der Gegend unbekannt. Bevor man ihn nach Los Angeles schickte, hatte Sidney Diamond in Kansas City und in Illinois gearbeitet.

Die Vorbereitungen liefen vor Eddies Augen ab, und manchmal war er nahe daran, den Mund aufzumachen und sie anzuschreien: »Aber er ist doch mein Bruder!«

Er tat es nicht. Seit er dieses Zimmer betreten hatte, war er völlig benommen. Er hatte Mike in Verdacht, daß er absichtlich alles in seiner Gegenwart abwickelte, mit der größten Ruhe, als ginge es um die natürlichste Sache der Welt.

Gehörte er nicht selbst zur Organisation?

Man wandte lediglich die entsprechenden Regeln an.

Man hatte ihn angeschmiert. Oder vielmehr, auch auf ihn wurden die Regeln angewandt. Man hatte sich seiner bedient, um Tony zu finden. Darüber hatte er sich keinerlei Illusionen gemacht, er hatte sein Bestes getan, um seinen Bruder zu finden, er hatte das Spiel mitgespielt.

Im Grunde hatte er die ganze Zeit über gewußt, daß Tony nicht weggehen würde und daß sie ihn auch gar nicht weglassen würden.

Auch Gino war das klargewesen. Und Gino war über die Grenze gegangen. Das erstaunte Eddie immer noch am meisten. Er fühlte sich schuldig.

»Wann?« fragte Gonzales.

»Wann gehn die Leute dort gewöhnlich schlafen?«

»Sehr früh. Sie stehn mit der Sonne auf.«

»Sagen wir elf Uhr?«

»Das wird hinkommen.«

»Fahr die Leute auf der Straße bis zweihundert Meter vors Haus. Du nimmst natürlich einen andern Wagen.«

»Ja.«

»Nachher folgst du ihnen. Hast du dir die Stelle ausgesucht?«

»Ist erledigt.«

»Um elf.«

»Gut.«

»Also, geh zu ihnen. Vergiß nicht, daß Sidney Diamond nichts trinken darf. Wenn du runtergehst, bestell uns was zu essen. Für mich kalte Platte, Salat und Obst.«

Er warf Eddie einen fragenden Blick zu.

»Dasselbe. Irgendwas.«

Um neun Uhr abends wußte Eddie noch immer nicht, welche Rolle man ihm zugedacht hatte. Danach zu fragen, hatte er nicht den Mut gehabt. Mike hatte sich die Lokalzeitung heraufbringen lassen, gelesen und seine Zigarre geraucht. Er trank viel. Er wurde immer röter im Gesicht, sein Blick verschwamm, aber er verlor keinen Augenblick seine Geistesgegenwart.

Einmal hob er die Augen von der Zeitung:

»Er liebt seine Frau, hm?«

»Ja.«

»Ist sie nett?«

»Sie scheint ihn auch zu lieben.«

»Das wollt ich nicht wissen. Ist sie hübsch?«

»Ja.«

»Kriegt sie das Kind bald?«

»In drei oder vier Monaten. So genau weiß ich das nicht.«

Schon lange brannten draußen auf der Straße die elektrischen Lichter. Aus einer Bar ertönte ein Plattenspieler, und manchmal stiegen durch die geschlossenen Fenster Stimmen herauf.

»Wieviel Uhr?«

»Zehn.«

Es wurde Viertel nach zehn, es wurde halb elf. Eddie gab sich die größte Mühe, nicht loszuschreien.

»Sag mir, wenn's genau zehn vor elf ist.«

Am meisten hatte er davor Angst, daß sie ihn zwingen würden mitzufahren. Wenn Gino nicht mit dem Schiff weggefahren wäre, hätte Phil dann ihn geschickt?

»Wieviel, mein Söhnchen?«

»Zwanzig vor.«

»Jetzt sind die Männer losgefahren.«

Eddie sollte also nicht mitgehen. Nun verstand er gar nichts mehr. Für irgend etwas Wichtiges mußte man ihn doch vorgesehen haben.

»Du trinkst besser was.«

»Ich hab schon zu viel getrunken.«

»Trink trotzdem was.«

Er hatte keinen eigenen Willen mehr. Er gehorchte und dachte, daß er sich vielleicht wieder übergeben würde wie mittags.

»Hast du die Telefonnummer von den Felicis?«

»Sie steht im Telefonbuch. Heut morgen hab ich sie drin gesehn.«

»Such sie raus.«

Er suchte die Telefonnummer, und er hatte das Gefühl, daß er sich selbst kommen und gehen sah, wie in einem Traum. Das Universum war ins Wanken geraten. Es gab keine Alice mehr, keine Christine, keine Amelia, keine Babe, nichts als eine Art Tunnel, dessen Ausgang er nicht sah und durch den er sich vorwärts tastete.

»Wieviel Uhr?«

»Eine Minute noch.«

»Laß dich verbinden.«

»Was soll ich sagen?«

»Du sagst Tony, er soll zu den Jungs auf die Straße gehn. Allein. Er sieht dann schon den Wagen.«

Seine Brust war so zugeschnürt, daß er fürchtete, er würde nie wieder atmen können.

»Und wenn er sich weigert?« gelang es ihm zu sagen.

»Du hast gesagt, er liebt seine Frau.«

»Ja.«

»Sag ihm das. Er wird verstehn.«

Mike saß immer noch ruhig in seinem Sessel, die Zigarre in der einen Hand, die Zeitung in der anderen, und er sah mehr und mehr aus wie der Richter im Film. Eddie war sich kaum bewußt geworden, daß er den Hörer abgenommen und die Nummer der Felicis gestottert hatte.

Eine Stimme, die er nicht kannte, sagte am anderen Ende der Leitung:

»Hier 16-62. Wer ist am Apparat?«

Eddie hörte sich sprechen, die Augen immer noch starr auf den weißgekleideten Mann gerichtet.

»Ich hab Tony was Wichtiges zu sagen. Hier ist sein Bruder.«

Schweigen. Marco Felici zögerte wohl. Den Geräuschen nach zu schließen nahm ihm Tony, der schon ahnte, was vor sich ging, den Hörer aus der Hand.

»Ich höre«, sagte Tony trocken.

Eddie hatte sich nichts überlegt, was er sagen sollte. Sein Geist nahm nicht teil an dem, was geschah.

»Sie warten auf dich.«

»Wo?«

»Zweihundert Meter weit, auf der Straße. Da steht ein Wagen.«

Weiter brauchte er eigentlich gar nichts mehr zu sagen.

»Ich nehme an, wenn ich nicht gehe, kaufen sie sich Nora . . .«

Schweigen.

»Antworte.«

»Ja.«

»Gut.«

»Gehst du hin?«

Wieder Schweigen. Mike hielt die Augen auf ihn gerichtet und rührte sich nicht. Eddie fragte noch einmal:

»Gehst du hin?«

»Keine Sorge.«

Noch einmal ein etwas kürzeres Schweigen.

»Adieu!«

Er wollte seinerseits etwas sagen, aber er wußte nicht, was. Dann sah er seine Hand an, die den stumm gewordenen Hörer hielt.

Mike zog an seiner Zigarre und murmelte mit einem Seufzer der Befriedigung:

»Ich wußte es.«

Das war alles, was Eddie betraf. Weiter wurde nichts mehr von ihm verlangt. Es wurde überhaupt nie wieder etwas Schwieriges von ihm verlangt.

Auch diese Nacht nahm ein Ende, wie alle Nächte seit Erschaffung der Welt ein Ende nehmen, wenn die Sonne aufgeht. Er sah sie nicht über Kalifornien aufgehen, sondern sehr hoch über der Wüste von Arizona, in dem Flugzeug, zu dem man ihn um drei Uhr morgens gefahren hatte. Und wie Bob in Tucson hatten sie ihm einen Flachmann in die Tasche gesteckt. Er rührte sie nicht an. Sidney Diamond und sein Begleiter fuhren, zu der Zeit, als das Flugzeug zum ersten Mal landete, sicher durch die Vorstädte von Los Angeles.

Irgendwo nahm Eddie aus Versehen die falsche Maschine. Gegen zwei Uhr nachmittags befand er sich auf einem drittrangigen Flughafen. Es brach ein Unwetter los, und er mußte bis zum Abend warten. Erst am nächsten Tag rief er aus Mississippi in Santa Clara an.

»Bist du's?«

Er hörte Alice' Stimme, ohne daß diese Stimme irgend etwas in ihm bewegt hätte.

»Ja. Geht alles gut bei euch?«

Die Worte kamen wie von selbst, gewohnte Worte, er mußte nicht nachdenken.

»Ja. Und dir?«

»Wie geht's den Kindern?«

»Ich hab Amelia daheim gelassen. Der Arzt meint, sie bekommt die Masern. Wenn sie's sind, wir erfahren es heut nacht, kann auch Christine nicht in die Schule gehn.«

»Hat Angelo angerufen?«

»Nein. Heut morgen bin ich im Geschäft vorbeigegangen. Es schien alles in Ordnung zu sein. Ein neuer Gehilfe war da.«

»Ich weiß.«

»Man hat vom Flamingo angerufen. Ich hab geantwortet, du kommst sicher bald zurück. War das richtig?«

»Ja.«

»Ich versteh dich so schlecht. Es klingt, als wärst du sehr weit weg.«

»Ja.«

Hatte er ja gesagt? Er hatte dabei nicht an die Entfernung zwischen Florida und Mississippi gedacht. Im übrigen dachte er überhaupt an gar nichts.

»Wann wirst du hier sein?«

»Ich weiß nicht. Ich glaube, es kommt gleich ein Flugzeug.«

»Hast du nicht auf den Plan geschaut?«

»Noch nicht.«

»Bist du krank?«

»Nein.«

»Müde?«

»Ja.«

»Verheimlichst du mir auch nichts?«

»Ich bin nur müde.«

196

»Warum ruhst du dich nicht erst eine Nacht richtig aus, bevor du wieder ins Flugzeug steigst?«

»Vielleicht tu ich das.«

Er tat es. Er fand nur ein kleines Zimmer ohne Klimaanlage, weil in der Stadt ein Kongreß stattfand. In den Gängen begegnete man Leuten mit Abzeichen und Armbinde, ihr Name stand auf einem Kärtchen neben dem Knopfloch.

Im Hotel war es laut, aber wie in El Centro fiel er in einen unruhigen Schlaf. Er wachte zwei- bis dreimal auf, und jedesmal enervierte ihn sein Schweißgeruch, der ihm ungesund vorkam.

Es war wohl die Leber. Er hatte getrunken. Er war nicht mehr daran gewöhnt. Er mußte zu Bill Spangler gehen, zu seinem Arzt, wenn er wieder in Santa Clara war.

Zweimal hatte er in der Sonne schwarze Punkte vor den Augen tanzen sehen, vor allem auf dem Flugfeld. Das mußte ein Anzeichen dafür sein.

In einem unbekannten Zimmer aufwachend, hatte er plötzlich das Bedürfnis zu weinen. Nie war er so sterbensmüde gewesen, so müde, daß er, wenn er auf der Straße gewesen wäre, sich irgendwo hingelegt hätte, auf den Gehsteig, zwischen die vorübergehenden Passanten.

Ein wenig Mitleid hätte ihm gutgetan, jemand, der ihm beruhigende Worte sagte und ihm eine kühle Hand auf die Stirn legte. Aber es war niemand da. Es würde nie jemand dasein. Morgen oder übermorgen, wenn er den Mut hatte, nach Hause zu kommen, würde Alice ihm zärtlich zureden, er solle sich ausruhen.

Denn sie war zärtlich zu ihm. Aber sie kannte ihn nicht. Er erzählte ihr nichts. Sie glaubte, er sei stark, er brauche niemanden.

Den Sinn des Besuches von Gino hatte er nicht verstanden. Er war immer noch nicht sicher, daß er ihn verstand, aber irgendwie ahnte er, daß sein Bruder gekommen war, um ihm eine Art Hinweis zu geben.

Warum hatte er sich nicht deutlicher ausgedrückt? Traute er ihm nicht?

Seine beiden Brüder hatten ihm nie vertraut. Er hätte ihnen erklären müssen . . .

Aber wie? Was erklären?

Er nahm eine Dusche und stellte fest, daß er Fett ansetzte. Er bekam kleine weiche Brüste wie ein zwölfjähriges Mädchen.

Er rasierte sich. Wie am letzten Morgen in Santa Clara kratzte er das Schönheitsmal auf. Glücklicherweise hatte er immer einen Spezialstift bei sich.

Er mußte fast eine Stunde auf den leichten Anzug warten, den er in die Schnellreinigung gegeben hatte. Die volle Whiskyflasche warf er in den Papierkorb.

Es war nicht so wichtig, daß die anderen ihn nicht verstanden. Sid Kubik wußte, daß er getan hatte, was er tun mußte. Als Mike ihn angerufen hatte, um halb ein Uhr nachts, um ihm mitzuteilen, daß alles vorbei war, war Sid persönlich an den Apparat gekommen und hatte wörtlich gesagt:

»Sag Eddie, daß alles in Ordnung ist.« Mike hatte das nicht erfunden.

»Sag Eddie, daß alles in Ordnung ist.«

Wäre Phil im Zimmer gewesen, hätte der sicher wieder auf seine häßliche Art die Lippe aufgeworfen.

»*Sag Eddie . . .*«

Er sagte seiner Frau absichtlich nicht, wann er ankommen würde. Er nahm ein Taxi und ließ sich vom Flughafen zuerst ins Geschäft fahren.

Angelo kam die beiden Stufen herunter, um ihn zu begrüßen.

»Wie geht's, Chef?«

»Gut, Angelo.«

Die Dinge waren immer noch trübe, farblos, ohne Geschmack, fast leblos.

Würde das wiederkommen? Es tat ihm bereits gut, wie Angelo ihn ansprach:

»*Chef . . .*«

Seitdem er in Brooklyn im Laden gestanden hatte, hatte er so viel gearbeitet, um es so weit zu bringen!

Lakeville, Connecticut, Juli 1952

Stanley G. Eskin
Simenon
Eine Biographie
Aus dem Amerikanischen
von Michael Mosblech

Stanley G. Eskins Biographie stützt sich auf Gespräche mit Simenon, mit Verwandten, Freunden, Verlegern des Autors sowie auf das riesige, erst bruchstückhaft erschlossene Material des Simenon-Archivs in Lüttich.

»Eskin erzählt so anschaulich, als habe er von dem Gegenstand seiner Studien die einfache, farbige, spannende Erzählweise gelernt.«
Frankfurter Allgemeine Zeitung

»Mit dem Index, den zahlreichen Anmerkungen, der vollständigen Bibliographie der Werke und der Verfilmungen wird dieser Band sicher die große umfassende Biographie des Schriftstellers werden. Eskin hält auch mit persönlichen Urteilen nicht zurück; sein Buch verdient daher Aufmerksamkeit und Hochachtung.«
Die Welt, Bonn

»Ich konnte nie glauben, daß Simenon wirklich existiert. Seine ungeheure Produktion, mein immer neues Staunen über die Vollkommenheit seiner Erzählungen, die psychologische Genauigkeit seiner unendlich vielen Figuren, die Eindrücklichkeit der Landschaftsbeschreibungen vermittelten mir stets das Bild eines hinreißenden Schriftstellers, das aber so ungreifbar und unbestimmt blieb wie etwa das Bild des Frühlings, des Meeres, das Bild von Weihnachten – Bilder, die man mit Vergnügen und unbewußtem Wohlbehagen in sich aufnimmt und erlebt, ohne daß sie imstande wären, die Begriffe in ihrer Dinghaftigkeit und Identität vollständig zu verkörpern.« *Federico Fellini*

»Mit Sicherheit das umfassendste Werk, das je über mich geschrieben wurde.« *Georges Simenon*

Georges Simenon
im Diogenes Verlag

● **Romane**

Drei große Romane. Der Mörder / Der große Bob / Drei Zimmer in Manhattan. Deutsch von Linde Birk und Lothar Baier. detebe 21596

Brief an meinen Richter. Roman. Deutsch von Hansjürgen Wille und Barbara Klau detebe 20371

Der Schnee war schmutzig. Roman. Deutsch von Willi A. Koch. detebe 20372

Die grünen Fensterläden. Roman. Deutsch von Alfred Günther. detebe 20373

Im Falle eines Unfalls. Roman. Deutsch von Hansjürgen Wille und Barbara Klau. detebe 20374

Sonntag. Roman. Deutsch von Hansjürgen Wille und Barbara Klau. detebe 20375

Bellas Tod. Roman. Deutsch von Elisabeth Serelmann-Küchler. detebe 20376

Der Mann mit dem kleinen Hund. Roman. Deutsch von Stefanie Weiss. detebe 20377

Drei Zimmer in Manhattan. Roman. Deutsch von Linde Birk. detebe 20378

Die Großmutter. Roman. Deutsch von Linde Birk. detebe 20379

Der kleine Mann von Archangelsk. Roman. Deutsch von Alfred Kuoni. detebe 20584

Der große Bob. Roman. Deutsch von Linde Birk. detebe 20585

Die Wahrheit über Bébé Donge. Roman. Deutsch von Renate Nickel. detebe 20586

Tropenkoller. Roman. Deutsch von Annerose Melter. detebe 20673

Ankunft Allerheiligen. Roman. Deutsch von Eugen Helmlé. detebe 20674

Der Präsident. Roman. Deutsch von Renate Nickel. detebe 20675

Der kleine Heilige. Roman. Deutsch von Trude Fein. detebe 20676

Der Outlaw. Roman. Deutsch von Liselotte Julius. detebe 20677

Die Glocken von Bicêtre. Roman. Neu übersetzt von Angela von Hagen. detebe 20678

Der Verdächtige. Roman. Deutsch von Eugen Helmlé. detebe 20679

Die Verlobung des Monsieur Hire. Roman. Deutsch von Linde Birk. detebe 20681

Der Mörder. Roman. Deutsch von Lothar Baier. detebe 20682

Die Zeugen. Roman. Deutsch von Anneliese Botond. detebe 20683

Die Komplizen. Roman. Deutsch von Stefanie Weiss. detebe 20684

Die Unbekannten im eigenen Haus. Roman. Deutsch von Gerda Scheffel. detebe 20685

Der Ausbrecher. Roman. Deutsch von Erika Tophoven-Schöningh. detebe 20686

Wellenschlag. Roman. Deutsch von Eugen Helmlé. detebe 20687

Der Mann aus London. Roman. Deutsch von Stefanie Weiss. detebe 20813

Die Überlebenden der Télémaque. Roman. Deutsch von Hainer Kober. detebe 20814

Der Mann, der den Zügen nachsah. Roman. Deutsch von Walter Schürenberg. detebe 20815

Zum Weißen Roß. Roman. Deutsch von Trude Fein. detebe 20986

Der Tod des Auguste Mature. Roman. Deutsch von Anneliese Botond detebe 20987

Die Fantome des Hutmachers. Roman Deutsch von Eugen Helmlé. detebe 21001

Die Witwe Couderc. Roman. Deutsch von Hanns Grössel. detebe 21002

Schlußlichter. Roman. Deutsch von Stefanie Weiss. detebe 21010

Die schwarze Kugel. Roman. Deutsch von Renate Nickel. detebe 21011

Die Brüder Rico. Roman. Deutsch von Angela von Hagen. detebe 21020

Antoine und Julie. Roman. Deutsch von Eugen Helmlé. detebe 21047

Betty. Roman. Deutsch von Raymond Regh. detebe 21057

Die Tür. Roman. Deutsch von Linde Birk detebe 21114

Der Neger. Roman. Deutsch von Linde Birk. detebe 21118

Das blaue Zimmer. Roman. Deutsch von Angela von Hagen. detebe 21121

Es gibt noch Haselnußsträucher. Roman Deutsch von Angela von Hagen. detebe 21192

Der Bürgermeister von Furnes. Roman Deutsch von Hanns Grössel. detebe 21209

Der Untermieter. Roman. Deutsch von Ralph Eue. detebe 21255

Das Testament Donadieu. Roman. Deutsch von Eugen Helmlé. detebe 21256

Die Leute gegenüber. Roman. Deutsch von Hans-Joachim Hartstein. detebe 21273

Die Katze. Roman. Deutsch von Angela von Hagen. detebe 21378

Weder ein noch aus. Roman. Deutsch von Elfriede Riegler. detebe 21304

Auf großer Fahrt. Roman. Deutsch von Angela von Hagen. detebe 21327

Der Bericht des Polizisten. Deutsch von Markus Jakob. detebe 21328

Die Zeit mit Anaïs. Roman. Deutsch von Ursula Vogel. detebe 21329

Der Passagier der Polarlys. Roman. Deutsch von Stefanie Weiss. detebe 21377

Die Schwarze von Panama. Roman. Deutsch von Ursula Vogel. detebe 21424

Das Gasthaus im Elsaß. Roman. Deutsch von Angela von Hagen. detebe 21425

Das Haus am Kanal. Roman. Deutsch von Ursula Vogel. detebe 21426

Der Zug. Roman. Deutsch von Trude Fein detebe 21480

Striptease. Roman. Deutsch von Angela von Hagen. detebe 21481

45° im Schatten. Roman. Deutsch von Angela von Hagen. detebe 21482

Die Eisentreppe. Roman. Deutsch von Angela von Hagen. detebe 21557

Das Fenster der Rouets. Roman. Deutsch von Stefanie Weiss. detebe 21558

Die bösen Schwestern von Concarneau Roman. Deutsch von Ingrid Altrichter detebe 21559

Der Sohn Cardinaud. Roman. Deutsch von Linde Birk. detebe 21598

Der Zug aus Venedig. Roman. Deutsch von Liselotte Julius. detebe 21617

Weißer Mann mit Brille. Roman. Deutsch von Ursula Vogel. detebe 21635

Der Bananentourist. Roman. Deutsch von Barbara Heller. detebe 21679

Monsieur La Souris. Roman. Deutsch von Renate Heimbucher-Bengs. detebe 21681

Der Teddybär. Roman. Deutsch von Ingrid Altrichter. detebe 21682

Die Marie vom Hafen. Roman. Deutsch von Ursula Vogel. detebe 21683

Der reiche Mann. Roman. Deutsch von Stefanie Weiss. detebe 21753

»... die da dürstet.« Roman. Deutsch von Irène Kuhn. detebe 21773

Vor Gericht. Roman. Deutsch von Linde Birk detebe 21786

Der Umzug. Roman. Deutsch von Barbara Heller. detebe 21797

Der fremde Vetter. Roman. Deutsch von Stefanie Weiss. detebe 21798

Das Begräbnis des Monsieur Bouvet. Roman. Deutsch von H.J. Solbrig. detebe 21799

Die schielende Marie. Roman. Deutsch von Eugen Helmlé. detebe 21800

Die Pitards. Roman. Deutsch von Ingrid Altrichter. detebe 21857

Das Gefängnis. Roman. Deutsch von Michael Mosblech. detebe 21858

Malétras zieht Bilanz. Roman. Deutsch von Irmgard Perfahl. detebe 21893

Das Haus am Quai Notre-Dame. Roman Deutsch von Eugen Helmlé. detebe 21894

Der Neue. Roman. Deutsch von Ingrid Altrichter. detebe 21895

Die Erbschleicher. Roman. Deutsch von Renate Heimbucher-Bengs. detebe 21938

Die Selbstmörder. Roman. Deutsch von Linde Birk. detebe 21939

Tante Jeanne. Roman. Deutsch von Inge Giese. detebe 21940

Der Rückfall. Roman. Deutsch von Ursula Vogel. detebe 21941

Am Maultierpaß. Roman. Deutsch von Michael Mosblech. detebe 21942

● Maigret-Romane und -Erzählungen

Weihnachten mit Maigret. Zwei Romane und eine Erzählung. Leinen

Der Goldene Gelbe 88. Einmalige Sonderausgabe. Enthält folgende Romane: Maigret amüsiert sich / Mein Freund Maigret / Maigret und die junge Tote. Deutsch von Renate Nickel, Annerose Melter und Raymond Regh detebe 21697

Maigrets erste Untersuchung. Roman Deutsch von Roswitha Plancherel detebe 20501

Maigret und Pietr der Lette. Roman. Deutsch von Wolfram Schäfer. detebe 20502

Maigret und die alte Dame. Roman. Deutsch von Renate Nickel. detebe 20503

Maigret und der Mann auf der Bank. Roman. Deutsch von Annerose Melter. detebe 20504

Maigret und der Minister. Roman. Deutsch von Annerose Melter. detebe 20505

Mein Freund Maigret. Roman. Deutsch von Annerose Melter. detebe 20506

Maigrets Memoiren. Roman. Deutsch von Roswitha Plancherel. detebe 20507

Maigret und die junge Tote. Roman. Deutsch von Raymond Regh. detebe 20508

Maigret amüsiert sich. Roman. Deutsch von Renate Nickel. detebe 20509

Hier irrt Maigret. Roman. Deutsch von Elfriede Riegler. detebe 20690

Maigret und der gelbe Hund. Roman Deutsch von Raymond Regh. detebe 20691

Maigret vor dem Schwurgericht. Roman. Deutsch von Wolfram Schäfer. detebe 20692

Maigret als möblierter Herr. Roman Deutsch von Wolfram Schäfer. detebe 20693

Madame Maigrets Freundin. Roman Deutsch von Roswitha Plancherel detebe 20713

Maigret kämpft um den Kopf eines Mannes Roman. Deutsch von Roswitha Plancherel. detebe 20714

Maigret und die kopflose Leiche. Roman. Deutsch von Wolfram Schäfer. detebe 20715

Maigret und die widerspenstigen Zeugen
Roman. Deutsch von Wolfram Schäfer
detebe 20716
Maigret am Treffen der Neufundlandfahrer
Roman. Deutsch von Annerose Melter
detebe 20717
Maigret bei den Flamen. Roman. Deutsch von
Claus Sprick. detebe 20718
Maigret und das Schattenspiel. Roman
Deutsch von Claus Sprick. detebe 20734
Maigret und die Keller des Majestic. Roman
Deutsch von Linde Birk. detebe 20735
Maigret contra Picpus. Roman. Deutsch von
Hainer Kober. detebe 20736
Maigret läßt sich Zeit. Roman. Deutsch von
Sibylle Powell. detebe 20755
Maigrets Geständnis. Roman. Deutsch von
Roswitha Plancherel. detebe 20756
Maigret zögert. Roman. Deutsch von Anne-
rose Melter. detebe 20757
Maigret und die Bohnenstange. Roman
Deutsch von Guy Montag. detebe 20808
Maigret und das Verbrechen in Holland
Roman. Deutsch von Renate Nickel
detebe 20809
Maigret und sein Toter. Roman. Deutsch von
Elfriede Riegler. detebe 20810
Maigret beim Coroner. Roman. Deutsch von
Wolfram Schäfer. detebe 20811
Maigret, Lognon und die Gangster. Roman.
Deutsch von Wolfram Schäfer. detebe 20812
Maigret und der Gehängte von Saint-Pholien
Roman. Deutsch von Sibylle Powell
detebe 20816
Maigret und der verstorbene Monsieur Gallet
Roman. Deutsch von Roswitha Plancherel
detebe 20817
Maigret regt sich auf. Roman. Deutsch von
Wolfram Schäfer. detebe 20820
Maigret und der Treidler der »Providence«
Roman. Deutsch von Claus Sprick
detebe 21029
Maigrets Nacht an der Kreuzung. Roman
Deutsch von Annerose Melter
detebe 21050
Maigret hat Angst. Roman. Deutsch von
Elfriede Riegler. detebe 21062
Maigret gerät in Wut. Roman. Deutsch von
Wolfram Schäfer. detebe 21113
Maigret verteidigt sich. Roman. Deutsch von
Wolfram Schäfer. detebe 21117
Maigret erlebt eine Niederlage. Roman
Deutsch von Elfriede Riegler
detebe 21120
Maigret und der geheimnisvolle Kapitän
Roman. Deutsch von Annerose Melter
detebe 21180
Maigret und die alten Leute. Roman
Deutsch von Annerose Melter. detebe 21200

Maigret und das Dienstmädchen. Roman
Deutsch von Hainer Kober. detebe 21220
Maigret im Haus des Richters. Roman
Deutsch von Liselotte Julius. detebe 21238
Maigret und der Fall Nahour. Roman
Deutsch von Sibylle Powell. detebe 21250
Maigret und der Samstagsklient. Roman
Deutsch von Angelika Hildebrandt-Essig
detebe 21295
Maigret in New York. Roman. Deutsch von
Bernhard Jolles. detebe 21308
Maigret und die Affäre Saint-Fiacre
Roman. Deutsch von Werner De Haas
detebe 21373
Maigret stellt eine Falle. Roman. Deutsch
von Angela von Hagen. detebe 21374
Sechs neue Fälle für Maigret. Erzählungen
Deutsch von Elfriede Riegler. detebe 21375
Maigret in der Liberty Bar. Roman. Deutsch
von Angela von Hagen. detebe 21376
Maigret und der Spion. Roman. Deutsch von
Hainer Kober. detebe 21427
Maigret und die kleine Landkneipe. Roman
Deutsch von Bernhard Jolles und Heide
Bideau. detebe 21428
Maigret und der Verrückte von Bergerac
Roman. Deutsch von Hainer Kober
detebe 21429
Maigret, die Tänzerin und die Gräfin
Roman. Deutsch von Hainer Kober
detebe 21484
Maigret macht Ferien. Roman. Deutsch von
Markus Jakob. detebe 21485
Maigret und der hartnäckigste Gast der Welt
Sechs Fälle für Maigret. Deutsch von Linde
Birk und Ingrid Altrichter. detebe 21486
Maigret verliert eine Verehrerin. Roman
Deutsch von Ingrid Altrichter. detebe 21521
Maigret in Nöten. Roman. Deutsch von
Markus Jakob. detebe 21522
Maigret und sein Rivale. Roman. Deutsch von
Ingrid Altrichter. detebe 21523
Maigret und die schrecklichen Kinder
Roman. Deutsch von Paul Celan
detebe 21574
Maigret und sein Jugendfreund
Roman. Deutsch von Markus Jakob
detebe 21575
Maigret und sein Revolver. Roman. Deutsch
von Ingrid Altrichter. detebe 21576
Maigret auf Reisen. Roman. Deutsch von
Ingrid Altrichter. detebe 21593
Maigret und die braven Leute. Roman
Deutsch von Ingrid Altrichter. detebe 21615
Maigret und der faule Dieb. Roman. Deutsch
von Stefanie Weiss. detebe 21629
Maigret und die verrückte Witwe. Roman
Deutsch von Michael Mosblech. detebe 21680

Maigret und sein Neffe. Roman. Deutsch von Ingrid Altrichter. detebe 21684
Maigret und Stan der Killer. Vier Fälle für Maigret. Deutsch von Inge Giese und Eva Schönfeld. detebe 21741
Maigret und das Gespenst. Roman. Deutsch von Barbara Heller. detebe 21760
Maigret in Kur. Roman. Deutsch von Irène Kuhn. detebe 21770
Madame Maigrets Liebhaber. Vier Fälle für Maigret. Deutsch von Ingrid Altrichter, Inge Giese und Josef Winiger. detebe 21791
Maigret und der Clochard. Roman. Deutsch von Josef Winiger. detebe 21801
Maigret und Monsieur Charles. Roman Deutsch von Renate Heimbucher-Bengs detebe 21802
Maigret und der Spitzel. Roman. Deutsch von Inge Giese. detebe 21803
Maigret und der einsamste Mann der Welt Roman. Deutsch von Ursula Vogel detebe 21804
Maigret und der Messerstecher. Roman Deutsch von Josef Winiger. detebe 21805
Maigret hat Skrupel. Roman. Deutsch von Ingrid Altrichter. detebe 21806
Maigret in Künstlerkreisen. Roman. Deutsch von Ursula Vogel. detebe 21871
Maigret und der Weinhändler. Roman Deutsch von Hainer Kober. detebe 21872

● Erzählungen

Der kleine Doktor. Erzählungen. Deutsch von Hansjürgen Wille und Barbara Klau detebe 21025
Emil und sein Schiff. Erzählungen Deutsch von Angela von Hagen. detebe 21318
Die schwanzlosen Schweinchen. Erzählungen Deutsch von Linde Birk. detebe 21284
Exotische Novellen. Deutsch von Annerose Melter. detebe 21285

Meistererzählungen. Deutsch von Wolfram Schäfer u.a. detebe 21620
Die beiden Alten in Cherbourg. Erzählungen. Deutsch von Inge Giese und Reinhard Tiffert. detebe 21943

● Reportagen

Die Pfeife Kleopatras. Reportagen aus aller Welt. Deutsch von Guy Montag detebe 21223
Zahltag in einer Bank. Reportagen aus Frankreich. Deutsch von Guy Montag detebe 21224

● Biographisches

Intime Memoiren und Das Buch von Marie-Jo. Deutsch von Hans-Joachim Hartstein, Claus Sprick, Guy Montag und Linde Birk detebe 21216
Stammbaum. Pedigree. Autobiographischer Roman. Deutsch von Hans-Joachim Hartstein. detebe 21217
Simenon auf der Couch. Fünf Ärzte verhören den Autor sieben Stunden lang. Deutsch von Irène Kuhn. detebe 21658

Außerdem liegen vor:

Stanley G. Eskin
Simenon. Eine Biographie. Mit zahlreichen bisher unveröffentlichten Fotos, Lebenschronik, Bibliographie, ausführlicher Filmographie, Anmerkungen, Namen- und Werkregister. Aus dem Amerikanischen von Michael Mosblech. Leinen
Über Simenon. Zeugnisse und Essays von Patricia Highsmith bis Alfred Andersch. Mit einem Interview, mit Chronik und Bibliographie. Herausgegeben von Claudia Schmölders und Christian Strich. detebe 20499
Das Simenon Lesebuch. Erzählungen, Reportagen, Erinnerungen. Herausgegeben von Daniel Keel. detebe 20500

Friedrich Glauser
im Diogenes Verlag

Die Kriminalromane in 6 Bänden
detebe 21740

Alle Bände einzeln lieferbar:

Wachtmeister Studer
Roman. detebe 21733

Die Fieberkurve
Roman. detebe 21734

Matto regiert
Roman. detebe 21735

Der Chinese
Roman. detebe 21736

Krock & Co.
Roman. detebe 21737

Der Tee der drei alten Damen
Roman. detebe 21738

Außerdem liegt vor:

Gourrama
Ein Roman aus der Fremdenlegion
detebe 21739

Raymond Chandler
im Diogenes Verlag

Die besten Detektivstories
Aus dem Amerikanischen von Hans Wollschläger. Diogenes Evergreens

Der große Schlaf
Roman. Aus dem Amerikanischen von Gunar Ortlepp. detebe 20132

Die kleine Schwester
Roman. Deutsch von Walter E. Richartz detebe 20206

Das hohe Fenster
Roman. Deutsch von Urs Widmer detebe 20208

Der lange Abschied
Roman. Deutsch von Hans Wollschläger detebe 20207

Die simple Kunst des Mordes
Briefe, Essays, Notizen. Herausgegeben von Dorothy Gardiner und Kathrine Sorley Walker. Deutsch von Hans Wollschläger detebe 20209

Die Tote im See
Roman. Deutsch von Hellmuth Karasek detebe 20311

Lebwohl, mein Liebling
Roman. Deutsch von Wulf Teichmann detebe 20312

Playback
Roman. Deutsch von Wulf Teichmann detebe 20313

Mord im Regen
Frühe Stories. Vorwort von Philip Durham. Deutsch von Hans Wollschläger detebe 20314

Erpresser schießen nicht
Gesammelte Detektivstories I. detebe 20751

Der König in Gelb
Gesammelte Detektivstories II. detebe 20752

Gefahr ist mein Geschäft
Gesammelte Detektivstories III. detebe 20753
Alle drei Bände deutsch von Hans Wollschläger

Englischer Sommer
Geschichten, Parodien, Sprüche, Essays. Mit einem Vorwort von Patricia Highsmith, Zeichnungen von Edward Gorey und einer Erinnerung an den Drehbuchautor Chandler von John Houseman. Deutsch von Hans Wollschläger, Wulf Teichmann u.a. detebe 20754

Meistererzählungen
Deutsch von Hans Wollschläger detebe 21619

Außerdem liegt vor:

Frank MacShane
Raymond Chandler
Eine Biographie
Mit vielen Fotos. Deutsch von Christa Hotz, Alfred Probst und Wulf Teichmann detebe 20960

Eric Ambler
im Diogenes Verlag

Ambler by Ambler
Eric Ambler's Autobiographie. Aus dem Englischen von Matthias Fienbork. detebe 21589

Der dunkle Grenzbezirk
Roman. Deutsch von Walter Hertenstein und Ute Haffmans. detebe 20602

Ungewöhnliche Gefahr
Roman. Deutsch von Walter Hertenstein und Werner Morlang. detebe 20603

Nachruf auf einen Spion
Roman. Deutsch von Peter Fischer detebe 20605

Anlaß zur Unruhe
Roman. Deutsch von Franz Cavigelli detebe 20604

Die Maske des Dimitrios
Roman. Deutsch von Mary Brand und Walter Hertenstein. detebe 20137

Die Angst reist mit
Roman. Deutsch von Walter Hertenstein detebe 20181

Der Fall Deltschev
Roman. Deutsch von Mary Brand und Walter Hertenstein. detebe 20178

Schirmers Erbschaft
Roman. Deutsch von Harry Reuß-Löwenstein, Th. A. Knust und Rudolf Barmettler. detebe 20180

Besuch bei Nacht
Roman. Deutsch von Wulf Teichmann detebe 20539

Waffenschmuggel
Roman. Deutsch von Tom Knoth detebe 20364

Topkapi
Roman. Deutsch von Elsbeth Herlin detebe 20536

Eine Art von Zorn
Roman. Deutsch von Susanne Feigl und Walter Hertenstein. detebe 20179

Schmutzige Geschichte
Roman. Deutsch von Günter Eichel detebe 20537

Das Intercom-Komplott
Roman. Deutsch von Dietrich Stössel detebe 20538

Der Levantiner
Roman. Deutsch von Tom Knoth detebe 20223

Doktor Frigo
Roman. Deutsch von Tom Knoth und Judith Claassen detebe 20606

Bitte keine Rosen mehr
Roman. Deutsch von Tom Knoth detebe 20887

Mit der Zeit
Roman. Deutsch von Hans Hermann detebe 21054

Die Begabung zu töten
Deutsch von Matthias Fienbork detebe 21631

Als Ergänzungsband liegt vor:

Über Eric Ambler
Aufsätze von Alfred Hitchcock bis Helmut Heißenbüttel. Chronik und Bibliographie. Herausgegeben von Gerd Haffmans detebe 20607

Robert van Gulik
im Diogenes Verlag

Kriminalfälle des Richters Di, alten chinesischen Originalquellen entnommen. Mit Illustrationen des Autors im chinesischen Holzschnittstil

Mord im Labyrinth
Roman. Aus dem Englischen von Roland Schacht. detebe 21381

Tod im Roten Pavillon
Roman. Deutsch von Gretel und Kurt Kuhn
detebe 21383

Wunder in Pu-yang?
Roman. Deutsch von Roland Schacht
detebe 21382

Halskette und Kalebasse
Roman. Deutsch von Klaus Schomburg
detebe 21519

Geisterspuk in Peng-lai
Roman. Deutsch von Irma Silzer. detebe 21622

Mord in Kanton
Roman. Deutsch von Klaus Schomburg
detebe 21623

Der Affe und der Tiger
Roman. Deutsch von Klaus Schomburg
detebe 21624

Poeten und Mörder
Roman. Deutsch von Ulrike Wasel und Klaus Timmermann. detebe 21666

Die Perle des Kaisers
Roman. Deutsch von Hans Stumpfeldt
detebe 21766

Mord nach Muster
Roman. Deutsch von Otto P. Wilck
detebe 21767

Das Phantom im Tempel
Roman. Deutsch von Klaus Schomburg
detebe 21768

Nächtlicher Spuk im Mönchskloster
Roman. Deutsch von Gretel und Karl Kuhn
detebe 21866

Der Wandschirm aus rotem Lack
Roman. Deutsch von Gretel und Karl Kuhn
detebe 21867

Der See von Han-yuan
Roman. Deutsch von Klaus Schomburg
detebe 21919

Nagelprobe in Pei-tscho
Roman. Deutsch von Klaus Schomburg
detebe 21920

Richter Di bei der Arbeit
Roman. Deutsch von Klaus Schomburg
detebe 21921

Außerdem liegt vor:

Janwillem van de Wetering
Robert van Gulik
Ein Leben mit Richter Di. Aus dem Amerikanischen von Klaus Schomburg. Mit vielen Illustrationen, Fotos, Werkverzeichnis und Chronologie. Leinen